Johann Josef Peyritsch

Über Pelorienbildungen

Antigonos

Johann Josef Peyritsch

Über Pelorienbildungen

Unveränderter Nachdruck der Originalausgabe von 1872.

1. Auflage 2024 | ISBN: 978-3-38635-124-9

Antigonos Verlag ist ein Imprint der Outlook Verlagsgesellschaft mbH.

Verlag: Outlook Verlag GmbH, Zeilweg 44, 60439 Frankfurt, Deutschland, info@outlook-verlag.de
Vertretungsberechtigt: E. Roepke, Zeilweg 44, 60439 Frankfurt, Deutschland
Druck: Libri Plureos GmbH, Friedensallee 273, 22763 Hamburg, Deutschland

Über Pelorienbildungen.

Von Dr. **J. Peyritsch.**

(Mit 6 Tafeln.)

In einer Abhandlung über Pelorienbildungen bei Labiaten
habe ich den Versuch gemacht eine Regel aufzustellen, nach
welcher man bei einer gegebenen zygomorphen Labiatenblüthe
die in der Natur vorkommende Pelorie construiren kann. Es hat
nämlich die Beobachtung einer grossen Zahl von Pelorien verschiedener Labiaten ergeben, dass übereinstimmend mit den
normalen regelmässigen Blüthen der *Mentha aquatica* die ausnahmsweise auftretenden Pelorien anderer Labiaten weitaus in
den meisten Fällen mit vierzähligen Blüthenblätterwirteln (Kelch,
Corollen und Staubgefässwirtel) versehen sind, und dass in den letzteren im Allgemeinen jenes Wirtelglied der zygomorphen Blüthe
vertreten ist, welches in den äusseren Umrissen die einfachste,
am wenigsten gegliederte Form und geringste Ausbildung zeigt [1].
Meine seither an *Ballota nigra* und *Micromeria microcalyx*
gemachten Erfahrungen stehen mit den früheren vollkommen in
Einklang. Die angeführte Regel bietet nur in den Fällen keinen
Aufschluss, wenn in der zygomorphen Blüthe einzelne Wirtelglieder ganz verkümmern und andere dafür mit auffallenden
Structureigenthümlichkeiten versehen sind, wie diess beim Staubgefässwirtel der Blüthen von *Salvia* der Fall ist; die Staubgefässe
der pelorischen Blüthe erscheinen dann häufig nicht in jener
Ausbildung, sei es des sterilen oder fertilen Gliedes, die für die
Gattung characteristisch ist. Die Pelorien von *Salvia grandiflora*,
welche ich im hiesigen botanischen Garten beobachtet habe, bieten

---

[1] Man vergleiche meine Abhandlung: „Über Pelorien bei Labiaten,
II. Folge" in den Sitzb. d. Wien. Akad. math.-naturw. Cl. Nov.-Heft 1870.

ein bemerkenswerthes Beispiel in dieser Hinsicht. Der Bau der Staubgefässe möge eingehend besprochen werden.

Bei der Gattung *Salvia* sind bekanntlich die zwei vorderen Staubgefässe allein fruchtbar, die zwei hinteren (seitlichen der Autoren) sind zu kleinen Staminodien umgewandelt. Die fertilen Staubgefässe haben ein ausserordentlich langes Connectiv, das nach Art eines zweiarmigen Hebels dem Filamente eingelenkt ist. Der lange, unmittelbar vor der Oberlippe stehende Arm trägt das eine Fach der Anthere, während der zweite meistens unfruchtbare und bisweilen mit einer löffelförmigen Verbreiterung endigende Arm nach vorne und unten gerichtet ist und von der Blumenkronröhre eingeschlossen wird. Durch eine eigenthümliche Verbindung mit dem Filamente kommt jene merkwürdige Einlenkung zu Stande, die nach Art der Winkelgelenke den beiden Armen eine freie Beweglichkeit nach vorn und hinten gestattet, während die seitliche ausgeschlossen ist. Mittelst dieser Einlenkung ist es den Insecten möglich, den Pollen beim Aufsuchen des Nectars im Grunde der Blumenhöhle auf den eigenen Rücken abzuladen, um ihn dann beim Weiterschwärmen verschiedenen Narben abzugeben.

Die Staubgefässe der Pelorien der *Salvia grandiflora* zeigen keine derartigen Einrichtungen. Es sind alle vier Staubgefässe gleichartig entwickelt, jedes derselben trägt zwei parallel stehende, durch ein nicht sehr verbreitertes Connectiv mit einander verbundene Antherenfächer, deren Form nicht erheblich von der anderen Pelorien zukommenden Antheren abweicht. Der auf dem Bau der Staubgefässe zygomorpher Blüthen beruhende Gattungscharacter ist bei den Pelorien verloren gegangen.

In Anbetracht einer grossen Zahl von Fällen, die alle nach demselben gemeinsamen Plane gebaut sind, wird man geneigt, der Annahme jener Botaniker beizutreten, welche die Pelorien nicht als zufällig erscheinende Bildungen, sondern dieselben vielmehr als Nachahmungen ausgestorbener Typen betrachten, die allerdings nur unter besonderen günstigen äusseren Umständen auftreten [1]. Bei den Labiaten kann eine Reihe von Gründen dafür

---

[1] Der Pelorismus wurde schon von Cassini als Rückkehr zum ursprünglichen Typus erklärt. Man vergl. dessen Opusc. phyt. Paris (1826)

angeführt werden, die ich im Zusammenhange erörtern werde. Die Mehrzahl derselben hat auch für die Pelorienbildungen der Verbenaceen, Scrofularineen, Gesneraceen und anderer Familien, bei denen zygomorphe Blüthen vorkommen, Geltung. Es mögen aber nur die ersteren Familien in Betreff der Pelorienbildungen mit einander verglichen werden. Um für die folgenden Besprechungen eine sichere Grundlage zu gewinnen, berücksichtige ich vor Allem nur die rein typisch gebauten Pelorien und werde Übergangsbildungen von zygomorphen Blüthen zu Pelorienbildungen und Monstrositäten der letzteren nur nebenbei erwähnen.

Es dürfte kaum einem Zweifel unterliegen, dass die ausgestorbenen Typen der Labiatenblüthen in Zahl der Blüthentheile der ersten drei Blüthenblätterwirtel mit jenen der recenten zygomorphen Blüthen nicht übereinstimmten. Von den Blüthenblätterwirteln der zygomorphen Blüthe ist nur der Staubblätterwirtel viergliederig, während der Kelch in den meisten Fällen aus fünf Segmenten, seien diese nun Lappen oder Zähne, die Corolle aus vier Segmenten, wenn die Oberlippe ungetheilt ist, sonst aber gewöhnlich aus fünf Segmenten zusammengesetzt erscheint. Dass bei den zygomorphen Labiatenblüthen ein *Stamen posticum* gegenwärtig nicht angelegt wird, beweist die vergleichende Morphologie, indem man bei keiner der zahlreichen Labiatengattungen je ein Rudiment eines fünften Staubgefässes beobachtet hatte [1]. Auch die Entwicklungsgeschichte zeigt Nichts von der Anlage eines fünften Staubgefässes. Nach Sachs unterbleibt

---

II. p. 331: je considérerai la pélorie comme un retour accidental au type primitif, dont la fleur irréguliere est une altération habituelle. Man vergl. auch DC. Organogr. végét. I. p. 518. Deutsche Schriftsteller, beispielsweise Bischoff (Lehrb. d. Bot. 1839 II. p. 15) betrachteten Pelorien ebenfalls nicht als eigentliche Monstrositäten, sondern als Fälle von Rückkehr zu regelmässigen Typen, wie es scheint, aber nicht in dem bestimmten Sinne der Lamarkischen Descendenztheorie. Die Hypothese, dass gelegentlich eine Rückkehr zum ursprünglichen Typus stattfinden kann, schliesst nothwendig die der Unveränderlichkeit der Pflanzenart aus.

[1] Man vgl. Endl. gen. pl. p. 617 u. Benth. in DC. Prod. XII, p. 28: „Stamen supremum omnino abortivum vel rarissime in floribus monstrosis rudimentarium.“

bei *Lamium album* die erste Anlage des fünften Staubgefässes ganz[1] und wenn auch Payer den Staubgefässwirtel der Labiatenblüthen aus fünf Gliedern zusammengesetzt betrachtet, von denen die zwei vorderen Staubgefässe zuerst auftreten, die zwei seitlichen dann folgen, während das fünfte zuletzt erscheinen soll, so kann man doch in den Abbildungen, die er gibt, keine Spur der Anlage eines fünften Staubgefässes auffinden[2]. Mit Recht bemerkt Sachs, dass die Annahme des Abortus nur in Hinsicht auf die Descendenztheorie eine wissenschaftliche Berechtigung habe[3]. Nimmt man den Staubblätterwirtel dem fünfgliederigen Typus der Blüthe entsprechend theoretisch als fünfgliedrig an, so ist damit eo ipso ausgesprochen, dass die ausgestorbenen Typen mit einem wirklich fünfzähligen Staubblätterwirtel versehen waren. Es ist jedoch auch der Fall denkbar, dass der Staubblätterwirtel von jeher 4gliedrig gewesen sei, dann aber haben Veränderungen in der Zahl der Blüthentheile des Kelch- und Corollenwirtels stattgefunden, wenn man von der Annahme ausgeht, dass die ersten drei Blüthenblätterwirtel ursprünglich aus einer gleichen Zahl von Theilen zusammengesetzt waren.

Welche von den Annahmen hat die grössere Wahrscheinlichkeit für sich?

Wie bereits zuvor erwähnt worden ist, kommen bei Labiaten niemals, weder bei dichogamen noch cleistogamen Blüthen, normal fünfgliedrige Staubgefässwirtel vor und nur selten zeigen sich Abweichungen von der Vierzahl der Staubgefässe, indem dann nur zwei (meist die vorderen) fertil sich ausbilden, während die übrigen zwei zu kleinen Staminodien verkümmern oder ganz abortiren. Im Kelch und Corollenwirtel hingegen herrscht eine grosse Mannigfaltigkeit der Lappung bei den verschiedenen Gattungen. Beim Kelch sind zuweilen nur vier Lappen ausgebildet, bisweilen erscheint er mit nahezu ungetheiltem Saume, in der Mehrzahl der Fälle sind fünf Segmente erkennbar, in ein-

---

[1] Sachs, Lehrbuch der Botanik 1870. 2. Auflage. p. 451.

[2] Payer, Traité d'organogénie comparée de la fleur. Texte p. 553, Atlas Pl. CXIV.

[3] Sachs a. a. O. p. 451.

zelnen Fällen sogar zehn. Dieselbe Variabilität erscheint bei der
Corolle, bei welcher entweder nur vier Lappen, in anderen Fällen
fünf, zuweilen aber auch, wenn der Mittellappen der Unterlippe
eine tiefer gehende Ausrandung zeigt, sechs Lappen sich entwickeln [1]. Sehr häufig, selbst bei nur geringfügigen Anomalien,
findet man Abweichungen von der Norm in der Zahl der Kelch-
und Corollensegmente. Bei einer *Galeopsis versicolor*, deren
Blüthen mit einem 4gliedrigen Staubgefässwirtel versehen waren,
war der Kelch ähnlich wie bei *Ballota italica* oder *Marrubium
vulgare* aus zehn (zuweilen mehr) Segmenten zusammengesetzt
und die Corolle liess eine vermehrte Zahl kleiner Lappen erkennen. Bei anomalen zygomorphen Blüthenbildungen sind Abweichungen von der Vierzahl der Staubgefässe im Allgemeinen
selten. Constant erscheinen vier Staubgefässe, allerdings nur
atrophisirt, bei Vergrünungen, in der Regel vier Staubgefässe,
wenn die Zahl der Corolleneinschnitte vermehrt ist, letztere jedoch nicht tief reichen. Nur bei tief gehenden Spaltungen beobachtet man öftere Anomalien, zumal wenn Doppel- oder Zwillingsblüthen auftreten, aber auch dann entwickelt sich selten ein *Stamen posticum*, nach meinen Beobachtungen viel häufiger ein
Stamen anticum, das dem Typus der normalen Labiatenblüthe
vollkommen fremd ist [2]. Ist die Zahl der Corolleneinschnitte vermindert, so erscheinen weniger als vier Staubgefässe. An einer
Blüthe von *Galeobdolon luteum*, bei welcher die Unterlippe ein-
lappig war, beobachtete ich nur zwei Staubgefässe; die Blüthen
derselben Art tragen drei Staubgefässe, wenn die Unterlippe nur
zweilappig ist, das vorn stehende dritte Staubgefäss ist dann das
längste von allen. Zeigt die Unterlippe drei tiefe Einschnitte, so
erscheinen fünf Staubgefässe, dem entsprechend beobachtet man
auch fünf Staubgefässe, wenn die Oberlippe sich theilt. Es liegt
im Typus zygomorpher Labiatenblüthen mit ungetheilter Oberlippe, so viel Glieder im Staubgefässwirtel auszubilden als die
Corolle Lappen besitzt, und um eines weniger zu entwickeln als

---

[1] Benth, a. a. O.

[2] Die Oberlippe der Zwillingsblüthen ähnelt der normaler Blüthen.
Ich erwähnte einiger Fälle in einer Abhandlung über Pelorien bei
Labiaten.

im Kelchwirtel Glieder vorhanden sind, mögen nun die Kelch-
und Corollensegmente vermehrt oder vermindert sein. Wie viel
Glieder des Staubgefässwirtels sollen nach der Aborttheorie in
einer streng symmetrischen Blüthe mit 2lappiger Unterlippe fehl-
schlagen?

Normal erscheinen bei der *Mentha aquatica* regelmässige
gipfelständige Blüthen, diese sind in der Mehrzahl in den ersten
drei Blüthenblätterwirteln viergliederig, somit nur vier Staubgefässe vorhanden, in Übereinstimmung damit sind die typisch
4gliederigen pelorischen Gipfelblüthen weitaus häufiger als andere
Typen, was mit dem angenommenen fünfgliedrigen Typus nicht
in Einklang gebracht werden kann. Pelorien mit fünfgliedrigem
Typus sind nicht häufiger als solche mit sechsgliedrigem Typus,
sehr selten sind zwei- und dreigliedrige Typen. Von den Fällen,
bei welchen Kelch, Corollen und Staubgefässwirtel der Pelorien
nicht aus derselben Zahl von Theilen bestehen, sind jene die
näufigsten, die einen 4lappigen Kelch besitzen. Man kann allerdings den Einwand erheben, dass die Zahl der Wirtelglieder der
Gipfelblüthe durchaus keinen Schluss zulässt auf jene der seitenständigen Blüthen, wie ja beispielsweise die Centralblüthe bei
AdoxaMoschatellina einerseits und die übrigenBlüthen andererseits
nicht aus gleichzähligen Blüthenkreisen bestehen. Es sind aber
die seitenständigen Pelorien der Labiaten auch vorwiegend
4gliedrig und bei *Lycopus europaeus* findet man fast an jedem
Exemplar 4gliederige Blüthen, von welchen sich die übrigen nur
durch die Anwesenheit eines fünften (accessorischen) Kelchzahns
unterscheiden. In allen Fällen stimmen mit der 4gliedrigen pelorischen Gipfelblüthe die zygomorphen Blüthen in der Zahl der
Carpellblätter, der Glieder des Staubgefässwirtels, in der Zahl
der Corollenlappen (bei ungetheilter Oberlippe) überein, während
der Kelchwirtel allerdings in seltenen Fällen 4gliedrig ist.

Ich habe in meiner letzten Abhandlung über Pelorienbildungen bei Labiaten die Bemerkung gemacht, dass bei 4gliedrigen
Kelchen gipfelständiger Pelorien zweierlei Stellungsverhältnisse
zu unterscheiden sind, indem entweder die vier Kelchlappen den
Blättern der Laub- oder Hochblattpaare gegenüber stehen oder mit
den letzteren alterniren. Im ersten Falle ist es evident, dass die
Kelchzipfel die Stellung der Laubblätter fortsetzen, es tritt erst

die Corolle bei ihrem Auftreten an der Blüthenaxe als Wirtel in
einen Gegensatz zu den vorhergehenden Blättern nach dem Prin-
cip der Raumausnützung, während im zweiten Falle dieser Ge
gensatz schon bei der Anlage des Kelchwirtels hervortritt. Denkt
man sich die beiden Blätter eines Laubblattpaares gespalten —
ich habe solche Fälle bei *Marrubium peregrinum* in allen Variationen von angedeuteter Lappung an der Spitze bis zur vollständigen Zweitheilung beobachtet — so nehmen die vier Theile eine
Stellung zu den vorhergehenden Laubblättern überein, die vollständig mit jener übereinstimmt, welche die vier Kelchzipfel des
zweiten Falles zu den Laub- oder Hochblättern inne halten. In
diesem Sinne scheint die Stellung der einzelnen Zipfel vier-
gliedriger Kelche gewissermassen noch die Fortsetzung der
Stellung der vorhergehenden Laubblätter zu sein. Wie bei 4glie-
drigen Kelchen sind auch bei 6gliedrigen zweierlei Stellungsverhältnisse zu unterscheiden, indem zwei gegenüberstehende
Kelchlappen entweder dem vorletzten oder letzten Laubblatt-
oder Hochblattpaare gegenüberstehen, die übrigen vier Zipfel
alterniren in beiden Fällen mit den Blättern sämmtlicher Laubblattpaare. Nur wenn die Spaltung zwischen je zwei Zipfel der
letzteren nicht tief reicht, steht je ein Paar dem Laubblatte gegenüber. Häufig erscheint auch bei 5gliedrigen Kelchen ein
Zipfel als accessorischer. Es lassen sich somit diese Fälle
auf den 4gliedrigen Typus zurückführen. Bei allen diesen Fällen
lässt sich die Beziehung bezüglich der Stellung, welche die Glieder des Kelchblattwirtels zu den Laubblättern inne halten, nicht
verkennen. Es frägt sich nun, welche Stellung haben früher die
Laubblätter eingenommen? Bei der grossen Beharrlichkeit, mit der
die kreuzweise opponirte Stellung der Laubblätter sich gegenüber den vielen Variationen und Schwankungen in Bezug auf
Zahl und Stellung der Blüthenblätter bei anomalen Bildungen
erhält, ist es nicht wahrscheinlich, dass diese Stellung der Laubblätter während des Zeitraums, innerhalb dessen eine Verände-
rung in der Zahl und Form der Blüthenblätter stattgefunden
haben mochte, sich geändert habe, zumal aus einer complicirteren
Stellung hervorgegangen sei. Allerdings ist auch, abgesehen
von den Fällen, wo dreigliedrige Laubblattwirtel normal vor-

kommen, die kreuzweis opponirte Stellung der Blätter nicht immer absolut constant[1].

Es ist demnach eine Thatsache, dass bei den Labiaten, mögen es normale oder abnorme Bildungen sein, die Zahl der Staubgefässe seltener Variationen unterliegt, als die Zahl der Kelch- und Corollensegmente, und dass in abnormen Fällen vorwiegend häufig viergliedrige Blüthenblätterwirtel auftreten. Fand somit eine Differenz in der Zahl der Blüthentheile der ausgestorbenen und recenten Typen statt, so dürfte das Vorkommen von zwei- oder zweimal zweigliedrigen Blüthenblätterwirteln jenem Zahlenverhältnisse entsprechen, das bei den früheren Typen unter den verschiedenen möglichen Fällen die meiste Wahrscheinlichkeit für sich in Anspuch nimmt. Die Vierzahl der Staubgefässe, die sich bei den zygomorphen Labiatenblüthen vorfindet, würde dem

---

[1] Man vergl. Benth. Labiat. gen. et Sp. p. 113, und Th. Irmisch: Beiträge zur vergl. Morphologie, 2. Abtheilung. Halle 1856, p. 23. Irmisch erwähnt daselbst der Fälle mit alternirender Blattstellung, solche kommen zumal in der Region des Blüthenstandes zuweilen normal vor. — Eine abnorme Anordnung der Blätter kann durch Spaltung eines oder beider Blätter von Laubblattpaaren zu Stande kommen, in solchen Fällen steht je ein Paar auf einer Seite des 4kantigen Stengels, wie ich diess im erwähnten Falle bei *Marrubium peregrinum* beobachtet habe. Alternirend kann hie und da die Blattstellung werden, wenn der Compagnon des einen Blattes fehlt. Bei abnormer Verbreiterung des Stengels treten mehrgliederige Laubblattwirtel auf, so an einem von mir an *Stachys annua* beobachteten Falle. Fasciation des Stengels wurde von Moquin-Tandon an *Hyssopus officinalis* und *Ajuga pyramidalis* (Pflanzenteratologie, übers. von Schauer, p. 133 et fg.) beobachtet; Masters erwähnt eines solchen Falles bei *Dracocephalum moldavica* (Veget. Teratolog. p. 20). Wie die Blätter in diesen Fällen sich verhielten, ist mir nicht bekannt. Bei einer interessanten, von DC. (Organogr. végét. I, p. 155; II, pl. 36) beschriebenen Anomalie von *Mentha aquatica* war der Stengel verbreitert, spiralförmig gewunden, und die Blätter standen einerseitswendig; einen interessanten Fall von abnormer Blattstellung bei *Mentha piperita* hat auch Fuhlrott beschrieben (Verhandl. der naturhist. Vereins für die preuss. Rheinlande 1845, Vol. II, p. 65 et fg.). Bei einer *Salvia*-Art beobachtete Steinheil (Ann. Sc. nat. II, Ser. XIX, p. 321), dass durch Verwachsung der entgegengesetzten Blätter die Blattstellung alternirend wurde. Alle diese Fälle sind monströse, sehr selten vorkommende Bildungen, und es nicht anzunehmen, dass sie Nachahmungen früherer Typen darstellen.

Zahlenverhältnisse der Staubblätter älterer Typen entsprechen, und letzteres würde bei den Veränderungen, welche der Kelch und Corollenwirtel in Zahl und Form seiner Theile erlitten, unwandelbar geblieben sein. Nimmt man jedoch an, dass der ursprüngliche Typus der Labiatenblüthe nach 4gliedrigem Typus gebaut gewesen sei, und folglich Blüthen mit 5gliedrigem Kelch und Corollenwirtel später aufgetreten seien, so ist es nicht auffallend, dass bei Rückschlägen häufig Zwischenformen mit wechselnder Zahl der Blüthentheile auftreten. Das häufige Vorkommen gemischter Typen scheint auf Veränderungen hinzuweisen, die in den Zahlenverhältnissen der Blüthenblätter stattgefunden haben.

Bei den Labiaten erscheinen in der Regel nur gipfelständige, typisch ausgebildete Pelorien, ebenso bei *Vitex agnus castus*, der einzigen Verbenacee, an welcher ich Pelorien beobachtet habe; bei den Scrofularineen hingegen kommen ebenso häufig seitenständige als gipfelständige Pelorien vor. Ich fand gipfelständige Pelorien an zwei *Pentstemon*-Arten und bei *Digitalis purpurea*. seitenständige Pelorien bei *Digitalis lanata* und *Linaria vulgaris*. Ob bei den Scrofularineen die Blüthenblätterwirtel ursprünglich aus vier oder fünf Gliedern bestanden haben, ist nicht bei allen in gleichem Sinne zu entscheiden. Die Rhinanthaceen, die jetzt allgemein zu den Scrofularineen gestellt werden, sind fast durchgehends nach 4gliedrigem Typus gebaut, ebenso dürfte es beispielsweise bei *Veronica* keinem Zweifel unterliegen, dass auch bei dieser Gattung die ersten zwei Blüthenblätterwirtel 4gliedrig sind, womit das Vorhandensein eines fünften Staubgefässes eo ipso ausgeschlossen ist, jene Species höchstens ausgenommen, bei denen ein accessorischer fünfter Kelchzahn erscheint [1], während hingegen bei *Scrofularia, Antirrhinum,*

---

[1] Die Entwicklungsgeschichte zeigt, dass nur zwei Staubblätter angelegt werden. Man vergl. Payer a. a. O. t. 111, fg. 28. Die Zweizahl der Staubgefässe hat sich entweder von früheren Typen vererbt, oder es werden die Staubgefässe gegenwärtig nicht in der vollständigen Zahl, wie sie den früheren Typen zukam, angelegt. In ersterem Falle müsste man den gegenwärtigen Zustand der Corolle durch Spaltung eines (ursprünglich vorderen) Corollenlappens in drei Theile entstanden erklären, im zweiten

Linaria und anderen Gattungen das Vorkommen eines *Stamino-dium posticum* dafür spricht, dass bei diesen die Staubblätter-wirtel aus fünf fertilen Gliedern einst bestanden haben, wie diess nur bei *Verbascum* gegenwärtig der Fall ist. Es ist diess analog mit solchen Fällen, wie sie zum Beispiel bei den Stellaten, Gentia-neen, Alsineen und anderen Familien vorkommen, bei denen einige Arten vierzählige, andere aber fünfzählige, oder wie bei den Onagrarieen selbst 2-zählige regelmässige Blüthenblätterwirtel besitzen; die Blüthen einiger Gattungen letzterer Familie sind in den ersten zwei Blüthenwirteln mit vier, im dritten aber nur mit zwei Wirtelgliedern (ähnlich wie bei *Veronica* und *Calceolaria*) versehen, die Annahme des Fehlschlagens von Wirtelgliedern ist bei diesen in keinem Falle statthaft. Ähnliche Zahlenverhältnisse kommen sicher bei Familien mit zygomorphem Blüthentypus vor. Nach meinen Beobachtungen scheinen bei solchen Scrofularineen, bei denen die Laubblätter einander gegenüber stehen, 4gliedrige Pelorien häufiger aufzutreten, als bei anderen mit spiralig ge-stellten oder zerstreuten Blättern. So kommen 5gliedrige Pelorien bei *Linaria*-Arten, die sämmtlich zerstreute Blätter haben, viel häufiger vor als 4gliedrige; 4gliedrige Pelorien bei *Pentstemon*-Arten hingegen, die mit opponirten Blättern versehen sind, dürften keine seltene Erscheinung sein, ich habe sie unter fünf Fällen von Pelorienbildungen bei zwei Arten dieser Gattung zweimal angetroffen [1].

---

müsste Abortus von Staubgefässen angenommen werden, vorausgesetzt, dass die Vorläufer der jetzigen Zustände regelmässige Bildungen gewesen waren. Welche von den Annahmen dem natürlichen Gange der Entwick-lung entspricht, muss, da die ganze Bewegungsrichtung der aufeinander-folgenden Veränderungen nicht aus sicheren Kriterien erkannt werden kann, unentschieden bleiben.

[1] Um zu entscheiden, ob die Zahl der Blüthenblätter in Correlation mit der Stellung der Laub- oder Hochblätter stehe, müssen die Fälle gipfelständiger Pelorien von jenen seitenständiger, bei welchen keine Vorblätter vorausgehen, streng gesondert werden. Unterscheiden sich Gipfelblüthen von seitenständigen in der Zahl der Blüthenblätter, so sind im Allgemeinen die Blüthenblätterwirtel der Gipfelblüthe aus mehr Gliedern zusammengesetzt, als die der seitenständigen. Beispiele dafür bieten *Ruta graveolens*, die abnormen Gipfelblüthen von *Digitalis pur-purea*; bei *Adoxa Moschatellina* findet jedoch das Gegentheil statt.

Von Verbenaceen, Orobancheen und Gesneraceen liegen nur vereinzelte Beobachtungen vor [1]. Die Dipsaceen verhalten sich in mehrfacher Hinsicht ähnlich wie die Labiaten. Bei sämmtlichen Dipsaceen, die alle mit gegenüberstehenden Blättern versehen sind, ist der Staubblätterwirtel 4gliedrig, die Blumenkrone 5lappig, aber auch 4lappig, während die Zahl der Kelchsegmente bei verschiedenen Gattungen wechselt, der Aussenkelch (Hüllchen) jedoch bei den meisten vollkommen ungetheilt erscheint. Merkwürdig ist das Verhalten des letzteren bei einigen Bildungsabweichungen von Dipsaceen. Bei einer nicht näher bestimmten *Scabiosa*-Art, wahrscheinlich einer *Scabiosa ochroleuca*, fand ich den Aussenkelch 4lappig oder selbst 4theilig und durch ein langes Internodium vom Kelch getrennt; dieser, die Corolle und die Staubgefässe zeigten mit Ausnahme einer schwachen Vergrünung der Corolle keine erhebliche Abweichung von der normalen Blüthe, ein Fruchtknoten war aber nicht vorhanden [2]. Wahrscheinlich haben bei den Dipsaceen wie bei den Labiaten analoge Veränderungen in der Zahl der Blüthentheile stattgefunden.

Bei einigen Pflanzenarten, wo kein Zweifel obwaltet, dass die zygomorphe Blüthe nach 5gliedrigem Typus gebaut sei, hat man bisweilen 2gliedrige Pelorien beobachtet [3]. Die Stellung der Blüthenblätter solcher Pelorien ist vergleichbar mit der Stellung der ersten Blätter an vielen Laubzweigen, deren später angelegte Blätter aber nach höheren Stellungsverhältnissen angeordnet sind.

---

[1] Von Verbenaceen bisher nur an *Vitex incisa* (Bischoff, Lehrbuch der Botanik, II. Bd., III. Abth. p. 16. Atlas Taf. VIII, fg. 305 *a—c*); von von Orobracheen bei *Orobanche caryophyllacea* (C. Schimper in F. V Schultz: Beitrag zur Kenntniss der deutschen Orobanchen. München 1829 — p. 11, Fig. I—IV); von Gesneraceen bei *Streptocarpus Rexii* (Schlecht. in Bot. Zeit. 1858, p. 770) und bei *Columnea Schiedeana* (Caspary in Verhandl. d. phys. oec. Gesellschaft. Königsberg I. Taf. VI) und *Gloxinia speciosa* (Ch. Darwin: Das Variiren der Pflanzen und Thiere, übers. von Carus. I, p. 465) bekannt.

[2] Der Blüthenstand war durchwachsen, die Blüthen gestielt und zuweilen auch durchwachsen. Über eine abweichende Deutung der Dipsaceenblüthe vergleiche man Buchenau in Bot. Zeitg. 1872, p. 360.

[3] Bei *Viola odorata*, von Hildebrand beobachtet. (Bot. Zeitg. 1862, p. 213. Taf. VIII. Fig. 21—27.

So sehr verschieden die Pelorien und die zygomorphen Blüthen einer und derselben Art gestaltet sein mögen, lässt sich
doch zwischen beiden Bildungen eine nahe Beziehung nicht verkennen. Diese spricht sich darin aus, dass in keinem Blüthenblätterwirtel der Pelorie dem Typus der zygomorphen Blüthe
völlig fremdartige neue Blüthenblätterformen auftreten, indem
wir sahen, dass von den Wirteln der zygomorphen Blüthe immer
ein-, bisweilen zweierlei Blüthenblätter zum Aufbau der entsprechenden Wirtel der Pelorie gleichsam entlehnt wurden. Sehr
plausibel lässt sich durch den Atavismus erklären, warum bei den
Labiaten gerade jenes Wirtelglied, das am wenigsten differenzirt
erscheint, in den Wirteln der Pelorie auftritt. Es entspricht
mehr der Theorie, dass die einfachere, weniger gegliederte Form
— und eine solche ist eine nach radiärem Typus gebaute gegenüber einer nach bilateralem — der complicirteren vorangegangen
sei, letztere durch allmälige oder ruckweise, nur unbedeutende
Umbildung der ersteren entstanden sei. Es ist dann erklärlich,
warum die Dimensionen der einzelnen Abschnitte der Blüthenblätter der Pelorie eine ziemliche Übereinstimmung mit den
entsprechenden Segmenten der zygomorphen Blüthe zeigen.
Dieselben Beziehungen in Betreff der Dimensionen sind bei
cleistogamen und dichogamen Blüthen und bei dimorphen Randblüthen von Blüthenständen nicht zu erkennen, obwohl bei diesen
Blüthenbildungen die Grundgestalten der Blüthenblätter kaum
modificirt werden. Bei den cleistogamen Blüthen einiger Labiaten, welche gleich den dichogamen zygomorph sind, erscheinen
im Vergleiche zu letzteren sämmtliche Blüthentheile entsprechend
verkleinert, aber das Maass der Verkleinerung ist beim Kelch ein
anderes als bei der Blumenkrone; bei den Randblüthen anderer
Familien hingegen, die bei einigen Pflanzenarten mit dicht ge-
drängten Blüthen vorkommen, sind die Glieder eines oder mehre-
rer Blüthenblätterwirtel wieder entsprechend vergrössert, hier
stimmt wieder das Maass der Vergrösserung bei sämmtlichen
Gliedern eines und desselben Wirtels nicht immer überein.
Wenn die Pelorien wirklich Rückschlagsbildungen darstellen,
würden die Blüthenblätter jedes Wirtels der zygomorphen Labiatenblüthe bezüglich der Form, die jedem derselben eigenthümlich
ist, nicht immer gleichen Alters und gleicher Entstehung sein.

Ziel und Richtung, in welcher die aufeinanderfolgenden Veränderungen stattgefunden haben mochten, deuten vielleicht Schwankungen und Variationen der Form und Grösse an, welchen eine Blüthenblattform mehr unterworfen ist als die andere desselben Wirtels. Ich habe die Beobachtung gemacht, dass die median vorn und namentlich hinten stehenden Blattgebilde der Corolle einiger Labiaten mehr variiren als die seitlichen, die am längsten ihre Form beibehalten haben, aus letzteren wird der Corollenwirtel der Pelorie aufgebaut. Die Form der Blüthenblätter steht sicher in Correlation mit der Lage und Richtung zum Horizonte und Abstammungsaxe, welche die Blüthenknospe in den ersteren Stadien einnimmt. Diess geht schon daraus hervor, dass die Blüthenblätter gipfelständiger Blüthenknospen, gleichgiltig aus wie vielen Gliedern die Blüthenwirtel bestehen, fast ausnahmslos nach radiärem Typus ausgebildet werden.

Von den Blütenwirteln der Pelorie ist es zunächst die Corolle, welche der Pelorie den abweichenden Charakter von dem der zygomorphen Blüthe verleiht. Nach meinen Erfahrungen kommen bei Labiaten, vorausgesetzt dass man nur typisch gebaute Pelorien berücksichtigt, in Betreff der Form der Corolle wesentlich nur einerlei Pelorien vor. Von den dreierlei Blattformen, die in der zygomorphen Blumenkrone repräsentirt sind, tritt in der Blumenkrone der Pelorie die Form der seitlich stehenden Blattgebilde der zygomorphen Corolle auf. So habe ich noch bei keinem Lamium Pelorien gesehen, bei denen sämmtliche Zipfel der Corolle dem Mittellappen der Unterlippe oder der Oberlippe der zygomorphen Blüthe gleichen, oder bei *Nepeta Mussini*, wo sie concav oder gekerbt wären, welche Form dem Mittellappen der Unterlippe zukommt. Sollten solche Formen wirklich vorkommen, so sind sie jedenfalls viel seltener. Dasselbe gilt auch für die Pelorien von *Vitex agnus castus*. Da sowohl jeder einzelne Zipfel der Blumenkrone der Pelorie ebenso wie der Mittellappen der Unterlippe streng symmetrisch gebildet sind, die beiden seitlichen Zipfel der Unterlippe nicht ganz symmetrische Gestaltung zeigen, so ist die oben angeführte Regel in den Fällen nicht deutlich mehr ersichtlich, wo der mediane und die seitlichen Zipfel in ihren Dimensionsverhältnissen sich nicht wesentlich unterscheiden. Zweierlei Pelorien kommen bei einigen

Scrofularineen vor, am bekanntesten sind sie bei den *Linaria*-Arten, wo man gespornte und spornlose Pelorien beobachtet hatte. Beide Arten von Pelorien kommen bisweilen selbst an einem und demselben Pflanzenstocke vor, die spornlosen Pelorien stehen seitlich, die gespornten sind gipfelständig [1]. Die spornlosen gleichen zumal in der Form der Corolle den Blüthen der Solaneen-Gattung *Fabiana*, die gespornten haben eine entfernte Ähnlichkeit mit den Blüthen der Gentianeen-Gattung *Halenia*. Abweichend von den Labiaten sind bei den Scrofularineen jene Pelorien, in deren Blumenkronwirtel das median vorn stehende (unpaare) Blüthenblatt der zygomorphen Blüthe vertreten ist, viel häufiger als solche, bei welchen der Blumenkronwirtel der Pelorie aus den paarigen, seitlich stehenden Blüthenblättern der zygomorphen Corolle zusammengesetzt wird. Auch die Blumenkron-Zipfel der spornlosen Pelorie der *Linaria* gleichen in Umriss und Grösse dem Mittellappen der Unterlippe. Zeigen die Glieder des Corollenwirtels der zygomorphen Blüthe nur geringe Verschiedenheit, so kommen auch nur einerlei Pelorien vor. Zweierlei Pelorienbildungen hat man bei *Viola*-Arten, bei Orchideen und Ranunculaceen beobachtet.

Bei der Gattung *Delphinium* beobachtete ich gipfelständige Pelorien, deren sämmtliche Kelchzipfel Sporne trugen, und auch solche Pelorien ganz ohne Sporne. Die Sporne waren aber viel kürzer als der Sporn der zygomorphen Blüthe. Der Blumenkronwirtel der zygomorphen Blüthe von *Delphinium elatum* wird aus heteromorphen und zwar zweierlei Petalen zusammengesetzt. Die hinteren, auf der Förderungsseite stehenden Petalen tragen einen langen hohlen Sporn, die vorderen sind benagelt und spornlos, der Nagel ist über der Basis gleich den Petalen von Trollius mit einem Honiggrübchen versehen, die Lamina ist zweispaltig und behaart. Sowohl die gespornten als spornlosen Pelorien von *Delphinium elatum* trugen Petala mit der zuletzt erwähnten Form. Bei der Gattung *Aconitum* kommen abnorme Blüthen mit zwei bis mehreren helmförmigen Kelchblättern vor, diese tragen jedoch deutlich den Charakter der

---

[1] Man vergl. Ch. Darwin: Das Variiren der Pflanzen und Thiere, übersetzt von Carus. II, p. 456.

Monstrosität; die Helmform lässt es nicht zu, dass sämmtliche Glieder des Kelchwirtels gleichartig helmförmig gestaltet sind [1]. Bei den typisch ausgebildeten Pelorien von *Aconitum* sind die Kelchblätter nicht helmförmig und gleichen den seitlichen der normalen Blüthe, die lang benagelten Blumenblätter fehlen, in Übereinstimmung mit *Delphinium* kommen die auf der Förderungsseite stehenden Blattgebilde der Corolle nicht zur Entwicklung.

Ausser der Corolle bieten auch die Staubgefässe bemerkenswerthe Eigenthümlichkeiten, die bei einigen Gattungen und Arten einen Unterschied im Character der zygomorphen und pelorischen Blüthe begründen. Bei den zygomorphen Labiatenblüthen ist die Didynamie der Staubgefässe charakteristisch, es ist diess ein Merkmal von hervorragender Bedeutung, da es nicht blos sämmtlichen Labiaten mit Ausnahme von *Mentha* und den nächst verwandten Gattungen, sondern auch einer ganzen Gruppe von systematisch verwandten Pflanzenfamilien zukommt, bei denen es, wie es scheint, als Zeichen gleichen Entwicklungsgrades der zu diesen Familien gehörenden Organisationen beim Durchlaufen bestimmter Formkreise angesehen werden darf [2]; sehr wichtige unterscheidende Merkmale, wodurch sich Gruppen von Gattungen trennen lassen, begründen die Richtung der Filamente,

---

[1] Über Bildungsabweichungen bei *Aconitum* mit vermehrter Zahl der Hauben und der Honigbehälter vergl. man Reichenb. in Mössler's Handb. Altona 1838, II, p. 941, und Sauter in Fl. 1831, I., p. 10.

[2] Bei *Echium*, der einzigen Gattung der Asperifolien, wo unregelmässige Blüthen vorkommen, ist der auf der Förderungsseite der Corolle dem Einschnitte gegenüberstehende Staubfaden viel kürzer als die übrigen und wird bisweilen nahezu atrophisch aufgefunden, bei den übrigen vier Staubgefässen stellt sich das Verhältniss der Didynamie ein, die zwei seitlichen (der Blüthenstand als Wirtel, nicht als Traube betrachtet) Staubgefässe sind die längsten und am kräftigsten entwickelt, die vorderen sind etwas kürzer, beide Staubgefässe je eines Paares aber von gleicher Länge. Diess gilt wenigstens für *Echium vulgare*. Bei anderen Pflanzenfamilien mit regelmässigen Blüthen kommen ähnliche Grössenverhältnisse der Staubgefässe vor, so z. B. bei Solanaceen *(Nicotiana tabacum)*. Vielleicht wird durch die Längenunterschiede der Staubgefässe der Beginn einer Formveränderung eingeleitet, im ähnlichen Sinne, wie dieselbe bei den Didynamisten stattgefunden haben dürfte.

ihr Verhalten nach dem Verblühen; charakteristisch für viele Gattungen sind die Antherenformen, die wieder von der Ausbildung und Form des Connectivs abhängig sind. Bei den Pelorienbildungen sind sämmtliche Staubgefässe gleich lang, oder wenn von ungleicher Länge, nicht in der typischen Weise wie bei den zygomorphen Blüthen. Sämmtliche Staubgefässe zeigen entweder jene Richtung und Krümmung, die in der zygomorphen Blüthe nur dem einen Paare zukommt, oder sie sind aufrecht, was vor dem Verstäuben der Antheren allgemein als Regel gilt. Bei den zygomorphen Blüthen einiger Gattungen kommt es vor, dass einzelne Glieder des Staubblattwirtels verkümmern, während die fertilen in ungewöhnlichen Formen auftreten. In der pelorischen Blüthe erscheinen dann häufig die Staubblätter weder in der Form der verkümmerten noch der fertilen, sie stellen vielmehr eine Mittelbildung zwischen beiden dar. Die Pelorien von *Salvia grandiflora* und anderer *Salvia*-Arten bieten dafür Belege. Diese pelorischen Blüthen können unmöglich als reine Hemmungsbildungen betrachtet werden, wirkliche Hemmungsbildungen stellen die hinteren Staubgefässe der zygomorphen Blüthe von *Salvia* dar. Bei den Scofularineen zeigen die Staubgefässe nicht die mannigfaltigen Formen und Verschiedenheiten wie bei den Labiaten, dafür erscheint bei vielen ein verkümmertes Anhängsel an der medianen hinteren Seite der Corolle. Die pelorischen Blüthen zeigen hinsichtlich der Staubgefässe keine typischen Abweichungen von denen der Labiaten, statt des Anhängsels bildet sich ein normales Staubgefäss aus, wenn die pelorische Blüthe 5gliedrig ist. Die Staubgefässe der Pelorien von *Linaria* fand ich mehrmals atrophisirt, die flaschenförmigen Pelorien von *Calceolaria* sind ohne Rudiment eines Staubgefässes. Von den Pelorien verschiedener Familien lässt sich im Allgemeinen sagen, dass einseitige Richtungen und Krümmungen der Staubgefässe, welche in der zygomorphen Blüthe beobachtet werden, bei ersteren verschwinden.

Jene Blüthenblätter, die in ihrer Textur sich den laubartigen Organen nähern, zeigen bei den Pelorien geringere Abweichungen als die Corolle; das Pistill, welches bei sämmtlichen Labiaten-Gattungen zur Zeit des Aufblühens kaum einen Unterschied zeigt, gleicht dem der Pelorien, nur sind die beiden

Narbenschenkel typisch von gleicher Länge, während bei vielen Labiaten der hintere Narbenschenkel kürzer erscheint.

Zuweilen treten in den Blüthenwirteln gipfelständiger Blüthen mehrerlei Blattformen auf, was der Pelorie den Charakter der Monstrosität verleiht, aber auch dann ist die Neigung erkennbar, je zwei diametral entgegengesetzte Blattgebilde in gleicher Weise auszubilden [1]. Bei den nicht gipfelständigen Blüthen der Labiaten sind Blüthen mit radiärem Typus eine grosse Seltenheit, weitaus in der Mehrzahl sind sie nach bilateral symmetrischem Typus gebaut, mag die Blüthe in der Zahl der Blüthenblätter mit der normalen Blüthe übereinstimmen, oder, wie in den Doppel- oder Zwillingsblüthen, vermehrt oder auch vermindert sein. Die Blattgebilde anomaler zygomorpher Blüthen lassen meist die der Pflanzenart zukommenden Formen der Blüthenblätter erkennen. Es hängt diess mit den durch innere Ursachen bedingten Symmetrieverhältnissen der Pflanze zusammen, die durch äussere Ursachen mannigfach modificirt und selbst gestört werden können, bei gipfelständiger Stellung jedoch zum einfachsten Ausdruck gelangen. Dass gipfelständige Blüthenknospen nach radiärem Typus sich ausbilden, kommt nicht blos den Labiaten zu, sondern ist eine bei vielen Familien, bei denen zygomorphe Blüthen vorkommen, sich zeigende Thatsache. Bei vielen dieser Pflanzen ist schon diess eine auffallende, abnorme Erscheinung, dass sich überhaupt gipfelständige Blüthenknospen entwickeln [2]. Es erklärt sich, warum so häufig gipfelständige

---

[1] Bei *Salvia longiflora* beobachtete ich 8-gliederige Gipfelblüthen. Der Kelch hatte 8 gleich lange Zähne, von den Lappen der Corolle glichen jene zwei, welche dem vorletzten Laubblattpaare gegenüberstanden, einer halbirten Oberlippe und diese beiden schlossen beiderseits je ein einer Unterlippe vergleichbares Corollenstück ein. Die acht Staubgefässe gleich lang, zwei 4lappige Fruchtknoten mit zwei Griffeln. Eine Scheidewand war nicht vorhanden. An einer *Salvia Pitcheri* beobachtete ich eine 4gliederige Gipfelblüthe, bei welcher zwei Corollenlappen den Seitenlappen der Unterlippe, die übrigen zwei ziemlich dem Mittellappen glichen, nur hatte dieser in der Gipfelblüthe mehrere Kerbzähne.

[2] Man vergl. bei Ch. Darwin: Das Variiren der Thiere und Pflanzen im Zustande der Domestication (Aus dem Engl. übersetzt von Carus. Stuttgart 1858.) Das Capitel p. 455: „Relative Stellung der Blüthen in Bezug

Blüthen monströs werden. Haben die Labiaten früher gipfelständige Blüthen besessen, so waren diese höchst wahrscheinlich regelmässig.

Es ist sicher sehr bemerkenswerth, dass die regelmässige Blüthe der *Mentha aquatica* sowohl in Stellung als Zahl der Blüthentheile durchaus mit der Mehrzahl der typisch ausgebildeten Pelorien übereinstimmt, die an anderen Labiaten allerdings nur ausnahmsweise, unter besonderen günstigen Verhältnissen zum Vorschein kommen. Ähnlich wie bei *Galeobdolon luteum*, *Lamium maculatum*, *Nepeta Mussini* und den übrigen Labiaten, an denen ich Pelorienbildungen angetroffen habe, treibt die *Mentha aquatica* einen oder mehrere Blüthenstengel, die am Gipfel mit einer regelmässigen, 4gliedrigen Blüthe versehen sind. Ausnahmsweise kommt, statt der 4gliedrigen, eine 6gliedrige oder 5gliedrige Blüthe vor. Die regelmässige Blüthe findet sich aber nicht an jedem Blüthenstengel und jedem Exemplare, aber sie ist doch so vorwiegend häufig anzutreffen, dass man öfter Pflanzenstöcke mit gipfelständiger, regelmässiger Blüthe als ohne dieselbe antrifft. Gleich den pelorientragenden Exemplaren von *Galeobdolon luteum*, *Salvia grandiflora* und den übrigen Labiaten verhalten sich auch sämmtliche Blüthenstengel eines und desselben Pflanzenstockes bei der *Mentha aquatica* nicht immer gleich; bald tragen sämmtliche Blüthenstengel die 4gliedrige Blüthe, zuweilen nur die Mehrzahl, oder auch nur ein einziger; es kommt auch vor, dass der eine Blüthenstengel eine 4gliedrige, ein anderer desselben Pflanzenstockes eine 6gliedrige regelmässige Blüthe trägt. Auch solche Fälle findet man, wo die regelmässige Blüthe an dem Pflanzenstocke gar nicht zur Entwicklung kam. Es findet somit bei der *Mentha aquatica* ein wechselvolles Schwinden und Wiederauftreten der regelmässigen Gipfelblüthe statt. Im Allgemeinen kommen bei den ausnahmsweise auftretenden Pelorien weit häufiger als bei der *Mentha aquatica* andere als 4gliedrige Typen und Combinationen dieser Typen in den

---

auf die Axe und der Samen in der Kapsel als Ursache von Variationen." Es wurden *Phalaenopsis*, *Galeobdolon luteum*, *Calceolaria*, *Linaria*, *Laburnum*, eine *Trifolium*-Art und *Pelargonium* angeführt.

ersten drei Blüthenblätterwirteln vor. Bei der *Mentha aquatica* kommen zweierlei Gipfelblüthen vor; an einigen Pflanzenstöcken sind diese mit langen, kräftig entwickelten Staubgefässen versehen, an anderen erscheinen die Staubgefässe atrophisch, sie werden von der Blumenkronröhre eingeschlossen, der Griffel ragt weit über letztere hervor. Die zygomorphen Blüthen jedes Pflanzenstockes zeigen dieselbe Ausbildung der Geschlechter wie die Gipfelblüthe. Ganz das Gleiche gilt auch für die ausnahmsweise auftretenden Pelorien solcher Labiaten, wo die Pflanzenstöcke bald vorherrschend männliche, bald aber vorherrschend weibliche Ausbildung der Geschlechter zeigen. Bei der *Mentha aquatica* bringt die Gipfelblüthe keimfähigen Samen hervor. Gut ausgebildeten Samen, der von Pelorien stammte, traf ich nur bei *Calamintha Nepeta* und *Nepeta Mussini* an, die gleich der *Mentha aquatica* endständige Inflorescenzen tragen. Vielleicht liegt die Ursache der Sterilität der Pelorien darin, dass bei denselben die Mithilfe der Insecten bei der Befruchtung fehlt, wie auch pelorische Blüthen von *Antirrhinum majus*, sich selbst überlassen, stets steril bleiben, bei künstlicher Befruchtung jedoch Samen hervorbringen [1]; oder es liegt der Sterilität der Pelorie die bedeutende Structurabweichung, die sich schon im blossen Auftreten als Gipfelblüthe kund gibt, zu Grunde. Diess können nur Experimente zeigen. Das Auftreten der Gipfelblüthe bei *Calamintha Nepeta* ist weniger abnorm, als bei *Lamium maculatum*, wo die Stengelspitze normal stets. Laubblattpaare erzeugt und sich darin erschöpft [2].

---

[1] Ch. Darwin: Das Variiren der Thiere und Pflanzen, Bd. II, p. 225. Wichtig für die Ätiologie der Pelorienbildungen ist die Angabe, dass die Sämlinge von *Antirrhinum majus*, die aus gegenseitiger Kreuzung von pelorischen Blüthen hervorgingen, wieder Pelorien entwickelten, während diess bei anderen Kreuzungen nicht geschah. Auch pelorische Rassen von *Gloxinia speciosa* können durch Samen fortgepflanzt werden. (Darwin a. a. O. I, p. 465.) Bei *Digitalis purpurea* erzog Vrolik pelorientragende Exemplare aus Samen der Gipfelblüthe und der seitenständigen normalen Blüthen (Fl. 1846. I, p. 971, Tab. I, II).

[2] Wenn der Gipfelblüthe Hochblätter vorausgehen, so alterniren gewöhnlich die vier Kelchzipfel mit den Blättern sämmtlicher vorhergehender Blattpaare; gehen der Pelorie unmittelbar Laubblätter voraus, so

Die Übereinstimmung, welche die Gipfelblüthe der *Mentha
aquatica* mit den Pelorien anderer Labiaten sowohl bezüglich der
Stellung am Stengel, als im Bau zeigt, lässt es als sehr wahrscheinlich erscheinen, dass gipfelständige regelmässige 4gliedrige
Blüthen bei den Labiaten ehemals allgemeiner verbreitet waren
und dass *Mentha aquatica* als ein Repräsentant zu betrachten sei,
bei dem sich die regelmässigen Blüthen von früher bis zum heu-
tigen Tage erhalten haben. Vom atavistischen Standpunkt ist
man dann berechtigt zu schliessen, dass das öftere oder seltene
Vorkommen von Pelorienbildungen bei einer Art ein vergleichen-
des Maass abgibt, ob diese ihre regelmässigen Blüthen früher
oder später verloren hat als eine andere Art. Gewiss findet es in
den Pelorienbildungen seinen Ausdruck, wenn verwandte Arten
vom ursprünglichen Typus verschieden weit sich entfernt haben.
Nach meinen allerdings nicht ausreichenden Beobachtungen
scheinen Pelorienbildungen bei *Salvia grandiflora* und *Salvia
officinalis* öfter vorzukommen als bei *Salvia pratensis*, die Pelorien der ersten zwei Arten dürften in Form und Ausbildung dem
ursprünglichen Typus sich mehr nähern als die Pelorien letzterer
Art; bei jenen Arten trägt in der zygomorphen Blüthe jeder der
beiden Arme der fertilen Staubgefässe ein Antherenfach, bei
letzterer ist der vordere Arm zu einer löffelförmigen Verbreiterung ausgewachsen, dem entsprechend ist in den Pelorienbildungen der *Salvia grandiflora* und *S. officinalis* das Connectiv
verkürzt und es trägt zwei Antherenfächer, während bei einer
beobachteten Pelorie der *Salvia pratensis* die Staubgefässe mehr
den fertilen der normalen Blüthe gleichen. Die Abweichung vom
ursprünglichen Typus scheint bei dieser Art so weit gediehen
zu sein, dass vollständige Rückschläge zu den früheren Formen
gar nicht oder wenigstens sehr selten erfolgen. In allen diesen
Fällen zeigt das hoch differenzirte Pistill eine merkwürdige
Einförmigkeit, es ist in der That dasjenige Organ sowohl in
der zygomorphen, als pelorischen Blüthe, das am seltensten
erheblich variirt. Es kommen aber andere Bildungsabweichun-

---

sind jene Fälle die häufigeren, bei welchen die Kelchzipfel die Laubblatt-
stellung direct fortsetzen; zwei Zipfel vermitteln den Übergang von den
Laubblättern zu den übrigen zwei Kelchzipfeln.

gen vor, bei welchen gerade das Pistill die grösste Abweichung vom normalen Baue zeigt und in seiner Structur Analogien mit verwandten Familien nahe legt, wo es nicht mehr in derselben Einförmigkeit bei allen Gattungen und Arten auftritt. Ich habe vergrünte Blüthen von *Stachys palustris* beobachtet, welche bilateral symmetrisch ausgebildet, mit einem röhrenförmigen Kelche, 2lippiger Blumenkrone und vier atrophischen Staubgefässen versehen waren; diese haben den wichtigsten Familiencharacter, der im Baue des 4lappigen Ovariums, der Insertion des Griffels und der Ovula liegt, verloren [1]. Würde

---

[1] Bei den vergrünten Blüthen war die Blumenkrone fast vollständig vom Kelche eingeschlossen, der Fruchtknoten war eiförmig, in den Griffel zugespitzt, oben von vier Furchen eingeschnitten, einfächerig, seitlich mit zwei einander genäherten, parallel laufenden, etwas vorspringenden und nach rückwärts gerollten Leisten besetzt, die von je einem Gefässstrange durchzogen wurden; in der Mitte derselben trugen sie statt eines Ovulums je ein kleines gestieltes Blättchen; die Lamina desselben herabgeschlagen oder aufrecht, an der der Fruchtknotenwandung zugekehrten Blattfläche den Nucleus tragend. Im Centrum dieses Fruchtknotens befand sich ein zweiter, der ähnlich gebaut war. Bei dieser Bildungsabweichung ging der Typus des Labiatenfruchtknotens gänzlich verloren. Es ist bemerkenswerth, dass bei der Gattung *Stachys* am öftesten Vergrünungen der Blüthen und zumal des Fruchtknotens beobachtet worden sind. Man vergl. S c h i m p e r in Fl. 1829, p. 433; E n g e l m a n n de Antholysi Prodr. a. m. O.; M o q u i n - T a n d o n, Pflanzenteratologie, übers. von S c h a u e r, p. 292; R e i c h e n b. Fl. excurs. p. 319; G a y in Bull. Bot. Franc. 1854, p. 171; D ö l l, rheinische Fl., p. 369; C h r i s t in Fl. 1867. Taf. VIII, p. 376. In allen Fällen war es *Stachys sylvatica* — Verbildungen des Fruchtknotens mit vermehrter Zahl der Fruchtknotenlappen und der Griffel hat man bei *Salvia cretica, Sideritis canariensis, Coleus aromaticus* und anderen Arten beobachtet (B e n t h. Labiat. gen. et sp. p. XXVII). Merkwürdige Fälle sind der von Th. I r m i s c h (Beitr. zur vergl. Morph. II. Abth. 1856, p. 6) bei *Salvia pratensis* und von W e t t e r h a n an derselben Art aufgefundene Fall (ausführlich beschrieben in d. bot. Zeit. 1870 und abgebildet in meiner Abhandlung, Sitzb. d. Wien. Acad. Juliheft 1869), der von G o d e y (Bull. soc. Normand, 1864—1865 vol. X, Pl. II) an *Teucrium Scorodonia* beobachtete Fall, endlich die von mir in Sitzb. Wien. Acad. Novemberheft 1870 beschriebene Anomalie der *Stachys annua* (nicht *Stachys recta*, wie es irrthümlich heisst). Die Bildungsabweichung der Blüthe war combinirt mit Fasciation des Stengels. In diesen Fällen gehörten typisch zu je einem Narbenschenkel zwei Fruchtknotenlappen.

solch eine einzelne Blüthe zur Beurtheilung der systematischen
Verwandtschaft vorliegen, so begänge man wahrscheinlich einen
Irrthum. Es zeigen diese verschiedenen Reihen von Bildungs-
abweichungen, dass der Gestaltungstrieb die mannigfaltigsten
Formen hervorbringt und dürfen morphologische Schlüsse auf
Grundlage von Bildungsabweichungen nur mit grosser Vorsicht
gezogen werden, so beruhen Hypothesen über den genetischen
Zusammenhang verschiedener Formen meist auf ganz unsicherer
Grundlage.

Die Pelorienbildungen von Labiaten, die ich bei eilf, verschiedenen Gruppen angehörenden Gattungen beobachtet habe,
zeigen nur geringe Unterschiede, die auf kleinen Abweichungen
in der Form der Corollenlappen und der relativen Länge derselben zu der Blumenkronröhre, auf dem Vorhandensein oder der
Abwesenheit eines Haarkranzes im Innern der letzteren, ferner
der Länge der Staubgefässe beruhen. Die von der Form der
Antheren zur Unterscheidung der Gattungen hergenommenen
Kennzeichen sind bei den Pelorienbildungen nicht so deutlich
ausgesprochen oder sie sind ebenfalls verschwunden, da die
Antheren der Pelorienbildungen, wenn auch mit ausgebildeten
Pollen versehen, so häufig den Jugendzuständen in der zygomorphen Blüthe gleichen. Nur bei *Galeobdolon luteum* und *Lamium
maculatum* unterscheiden sich bemerklich die pelorischen Blüthen in der Form der Corollenbildung, was insoferne auffallend
ist, da beide Gattungen nur eine geringe Differenz im Gattungscharakter zeigen, und einige Botaniker sie sogar vereinigen [1].
Erwähnenswerth wären auch die pelorischen Blüthen von *Ballota
nigra* wegen der trichterförmigen Stellung der Corollenzipfel,
vorausgesetzt, dass dies Merkmal bei weiterer Beobachtung als am
häufigsten vorkommend sich erweisen würde. Bei den Scrofularineen gleichen sich ziemlich die Pelorien von *Pentstemon* und
die spornlosen von *Linaria;* letztere und nicht die gespornten
wären als Rückschlagbildungen anzusehen. Diesen nähern sich
wieder in der Form der Corollenbildung die krugförmigen Pelorien der Gattung *Calceolaria,* doch ist bei denselben der voll-

---

ständige Abgang der Staubgefässe bemerkenswerth [1]. Die Pelorien von *Digitalis lanata* und *Pentstemon*-Arten unterscheiden sich durch die Form und Weite der Blumenkrone nicht mehr als die Blüthen der einzelnen Arten der Gattung *Digitalis* selbst. In solchen Familien, wo an einigen Gattungen nur regelmässige, bei anderen nur zygomorphe Blüthen vorkommen, hält der Blüthenbau der Pelorien die Mitte zwischen dem von Gattungen mit nur regelmässigen Blüthen. Die Pelorien demonstriren deutlich die systematische Verwandtschaft von Gattungen einer und derselben Familie, die einerseits nur regelmässige, anderseits nur zygomorphe Blüthen entwickeln. Die spornlosen Pelorien von *Delphinium elatum* halten die Mitte zwischen den Blüthen von *Trollius* und *Nigella*. Die innige Verwandtschaft spricht sich in vielen kleinen Zügen aus, in der vermehrten Zahl der Petalen bei ersterer Gattung, in dem Vorhandensein einer Honiggrube am Nagel des Petalums, einem hervorstechenden Merkmale bei einigen Ranunculaceen, in der 2spaltigen *Lamina* des letzteren insbesondere die Verwandtschaft mit *Garidella (Nigella)*. Die gespornten pelorischen Blüthen von *Delphinium* stellen ein Seitenstück zu den Blüthen *Aquilegia*, letztere trägt normal ungespornte Kelchblätter, aber gespornte Petalen, erstere gespornte Kelchblätter, ungespornte Petalen. Die Pelorien von *Aconitum* nähern sich im Blüthenbau, wenigstens was das Perianthium betrifft, der Gattung *Caltha*. Die pelorischen Blüthen von Pelargonium haben fünf gleiche Kronenblätter aber kein Nectarium, sie sind den Blüthen von Geranium ähnlich; da jedoch die abwechselnden Staubgefässe zuweilen der Antheren entbehren, so werden sie dann den Blüthen von Erodium ähnlich [2]. Der Zusammenhang der Gattungen, der einen ähnlichen

---

[1] Guillemin im Archiv d. Bot. II. (1833); Schlecht. in Linn. XII, p. 685; Meyer in Linn. XVI, p. 26; Morr. in Ac. roy. Belg. XV, p. 7. Absolut staubgefässlose Pelorien beobachtete ich an *Linaria vulgaris;* sie kamen an durchgewachsenen Blüthen zur Entwicklung. Die äussere Blüthe zygomorph, mit offenem Schlunde und gestielten dütenförmigen corollinischen Blättchen statt der Staubgefässe; zwei grüne Blättchen statt des Fruchtknotens; die innere Blüthe eine *Peloria anectaria*, oder die Pelorie gespornt, cylindrisch, Sporen kurz, aufwärts oder abwärts gerichtet.

[2] Payer, in Bull. Bot. Franc. 1858, p. 332; Ch. Darwin: Das Variiren der Thiere und Pflanzen, Vol. II, p. 77.

Entwicklungsgang im Laufe der aufeinanderfolgenden Generationen ahnen lässt, wird offenbar bei Berücksichtigung mancher unbedeutend erscheinender Anomalien, so beobachtete ich an *Digitalis lutea* einzelne Blüthen, die einen kurzen Sporn ähnlich dem von *Linaria* trugen, und an *Linaria vulgaris* wieder einzelne Blüthen ohne Sporn, wodurch letztere den Blumen von *Anarrhinum* und *Antirrhinum* ähnlich werden.

Wenn auch die Ähnlichkeit der pelorischen Blüthen verschiedener Gattungen nur als eine nothwendige Consequenz der Bildungsgesetze im Aufbau der Pelorienbildungen erscheint, so ist andererseits das Schwinden der generischen Unterschiede bei denselben eine weitere Stütze für die Annahme, dass die 4gliedrigen Pelorien bei den Labiaten Nachahmungen älterer Typen darstellen, von welchen letzteren man annehmen muss, dass sie sich erst später in die zahlreicher gegliederten Formen gespalten haben. Bei den cleistogamen Blüthen ist der Gattungscharakter viel schärfer ausgeprägt, der Bau der Staubgefässe von *Salvia cleistogama* zeigt keine erhebliche Differenz von jenem dichogamer Blüthen, ähnlich treten im Corollenwirtel cleistogamer Blüthen von *Lamium amplexicaule* die für *Lamium* charakteristischen Blumenkronlappen auf. Die Differenzen zwischen homogamen und dichogamen Blüthen liegen hauptsächlich in der Grösse der Blüthen, der relativen Maasse der einzelnen Blüthenwirtel, der jugendlichen Form der Antheren bei homogamen Blüthen und der Länge der Narben. In Correlation stehen bei homogamen Blüthen die Länge der Antherenritzen und der Narben. Interessant wäre die Vergleichung möglichst vieler Arten mit zygomorphen cleistogamen Blüthen, ob bei denselben die auf den Bau der cleistogamen Blüthen aufgestellten Gattungen ebenso viele Formen umfassen als die, welche man auf den Bau dichogamer Blüthen gegründet hat. Leider kommen aber nur bei wenigen Labiaten cleistogame Blüthen vor.

Bei vielen Familien kommen (ausser Pelorienbildungen) mannigfache Bildungsabweichungen gerade solcher Organe vor, auf deren Bau, Entwicklung und Form im normalen Zustande der Gattungscharakter beruht. Bei Vergrünungen von Cruciferen ist beispielsweise zunächst der Fruchtknoten, welcher in verschiedenem Grade mehr minder von der Norm abweicht, während

die Staubgefässe mit Zähigkeit ihre Form beibehalten und eher
atrophiren als dieselbe wesentlich ändern. Die Mehrzahl der
Gattungen von Cruciferen beruhen auf Abweichungen im Frucht-
bau, die Staubgefässe bieten nur durch das Vorhandensein
oder die Abwesenheit von Anhängseln einige Gattungscharak-
tere. Ähnlich bei Umbelliferen, jedoch sind bei denselben die
Staubgefässe, die im normalen Zustande eine merkwürdige
Einförmigkeit bei allen Gattungen zeigen, mehreren Anomalien
unterworfen. Dass das Pistill bei beiden Familien so leicht
abändert, und in den mannigfaltigsten Abstufungen der Ver-
laubung auftritt, findet allerdings seine Erklärung darin, dass
Blattorgane, deren Gewebe im normalen Zustande dem von
laubartigen Organen ähnelt, auch leichter unter gewissen Bedin-
gungen in den vollkommen laubartigen Zustand übergehen können. Analoge Verhältnisse finden bei den gefüllten Blüthen statt,
wo sich Staubgefässe leicht in Kronenblätter verwandeln. Oft zeigen gerade so wie Pelorienbildungen verbildete Blüthen von sehr
abweichenden Gattungen die grösste Übereinstimmung. Wählt
man unter den äusserst zahlreichen und mannigfaltigen Fällen
von Vergrünungen von *Brassica Napus, Sisymbrium Alliaria,
Sinapis arvensis, Arabis hirsuta* oder von *Daucus Carota, Torilis
Anthriscus, Heracleum Sphondylium* einzelne sorgfältig heraus,
so wird man öfters an einer Art solche vergrünte Blüthen finden, die nahezu vollständig den ausgewählten der anderen Art
gleichen; es besteht ja die hauptsächlichste Differenz zwischen
diesen Gattungen in der Form und Structur der ausgebildeten
reifen Frucht. Die Merkmale, welche die Gattung *Brassica* von
Sisymbrium und anderen unterscheiden, gehen demnach bei diesen Bildungsabweichungen verloren und nur die Constanz in der
Anordnung und Zahl der Blüthenblätter lassen mit ziemlicher
Sicherheit die Familie, zu der diese Gebilde gehören, erkennen,
während die verbildeten Organe hingegen wieder mit den spe-
cifischen Eigenthümlichkeiten der Pflanzenart erscheinen [1]. Bei

---

[1] Die Stellungsverhältnisse und die Zusammenordnung der Zellen
und Organe sind sowohl in der Natur als in der Cultur die constantesten
und zähesten Merkmale." Naegeli, Entstehung und Begriff der natur-
historischen Art pag. 37.

aller Mannigfaltigkeit im speciellen Falle wird die Übereinstimmung in Bau und Form der Bildungsabweichungen von Blüthen mehr minder verwandter Gattungen erkannt, wenn nur die
entsprechenden Entwicklungsgrade mit einander verglichen werden. In vielen Fällen ist es augenscheinlich, dass von einem bestimmten jüngeren Entwicklungsstadium des normalen Organs
der abnorme Gang der Entwicklung seinen Ausgangspunkt ge-
nommen habe. Indem letzterer nun bei den ersteren und späteren Stadien beginnen kann, so kommen zahlreiche Übergangsbildungen von höchst abweichenden zu normalen Formen zu
Stande. Da er verschiedene Richtungen einschlägt (bei pelorischen, vergrünten, gefüllten Blüthen, bei Anpassungserscheinun-
gen, beim Befallenwerden von thierischen und pflanzlichen Para-
siten), so erscheinen verschiedene Reihen von Bildungsabweichungen, die alle mit der normalen Form durch verbindende
Mittelglieder zusammenhängen. Nahe verwandte Pflanzen zeigen
auch eine typische Übereinstimmung im abnormen Gange der
Entwicklung, diese gibt sich in der Ähnlichkeit der Pelorienbildungen einerseits, der Ähnlichkeit der vergrünten, oder der
gefüllten Blüthenbildungen anderseits und der Ähnlichkeit abnormer Blüthen mit normalen verwandter Gattungen zu erkennen.
Wird aus dem mehr minder übereinstimmenden Baue normaler
Blüthen auf die grössere oder geringere Ähnlichkeit der ganzen
Organisation geschlossen, so werden durch Vergleichung abnormer Bildungen jene Annahmen nur bestätigt. Doch kommen
auch Bildungsabweichungen vor, die ganz unvermittelt zu stehen
scheinen. Da jede Art mit ihren Bildungsabweichungen sämmtliche Formen repräsentirt, die eine Organisation von bestimmtem
Gepräge auf gegebene Veranlassung annehmen kann, so ist es
wahrscheinlich, dass unter den so mannigfaltigen Anomalien
derselben auch solche Formen vorkommen, die ein, wenn auch
nicht ganz getreues Ebenbild ausgestorbener Gebilde darstellen,
deren Descendenz nicht blos die eine Art sondern auch im Sy-
steme nahe oder vielleicht entfernter stehende Formen in sich
begreift. Aber ebenso wahrscheinlich ist es, dass auch Vorläufer
späterer, künftiger Bildungen unter denselben vorkommen. Man
hat allerdings keine Kriterien, wodurch sich Fälle von Rückschlag von Vorläufern späterer Bildungen unterscheiden lassen.

Lässt sich auch nicht bezweifeln, dass die Tendenz im Entwicklungsgange der Dicotylen dahin geht, vorwiegend 5gliedrige Blüthenkreise auszubilden, so stösst man doch im speciellen Falle bei der Entscheidung, ob Verschmelzung oder Spaltung von Blüthentheilen eingeleitet werde, auf die grössten Schwierigkeiten. Diese setzt voraus die Kenntniss der Richtung des Entwicklungsganges bei den aufeinanderfolgenden Generationen. Es können ähnlich wie im Thierreiche, Rückbildungen eintreten. Derselbe Vorgang, den die Natur einleitet, um aus weniggliedrigen Blüthenkreisen mehrgliedrige herzustellen, dient häufig auch dazu, das entgegengesetzte Resultat zu erreichen. Durch Förderung bestimmter Regionen entstehen Verschmelzungen und Spaltungen, mit Förderung des einen Theils ist häufig Schwächung oder vollständiger Abortus eines anderen verbunden. Spaltung eines Theils und unvermitteltes Auftreten eines neuen treten ebenfalls combinirt auf. Man spricht von Spaltung, wenn sich, wie bei zygomorphen Blüthen, durch Bildungsabweichungen Übergänge nachweisen lassen; vom unvermittelten Auftreten, wenn solche Übergänge fehlen. Auch bei Rückbildungen verschwinden reich entwickelte Gliederungen von Formen. In diesem Sinne ist die Annahme nicht gefordert, dass abnorm auftretende regelmässige Blüthen als solche immer Rückschlagsbildungen darstellen. Ein Beweis, dass regelmässige Blüthen Vorläufer von zygomorphen nothwendig gewesen sein mussten, lässt sich aber auch nicht führen; man hat für diese Annahme nur die Parallele im Entwicklungsgange des einzelnen Pflanzenindividuums, bei dem die Jugendzustände zygomorpher Blüthen den regelmässigen Bildungen sich mehr nähern, der Zygomorphismus im Allgemeinen erst in den späteren Stadien sich entwickelt.

Nach der herrschenden Theorie müssten die Blüthenblätterwirtel der Labiaten einst aus fünf Gliedern bestanden haben; sie wären demnach gegenwärtig, wenigstens was die Zahl der Wirtelglieder betrifft, in der Involution begriffen; Rückschlagsbildungen wären dann zweifellos 5gliederige Blüthen (5gliederige Pelorien). Waren die Labiaten früher 4gliederig, so besteht die Tendenz des Entwicklungsganges darin, mehr als 4gliederige Blüthenkreise auszubilden; die rein 4gliederigen Blüthen (4glie-

derige Pelorien) wären dann Rückschlagsbildungen; rein 5glie-
derige Blüthen müssten als Vorläufer späterer Bildungen betrachtet werden, insoferne als bei den letzteren das Ziel, den
5gliederigen Dicotylentypus im Blüthenbau auszubilden, bereits
erreicht ist. Ähnlich bei den Rhinanthaceen. Waren die Blüthen
derselben früher 5gliederig, so hat der Zygomorphismus die Involution eingeleitet; waren sie aber früher, wie die normalen
Blüthen in der Regel es gewöhnlich sind, 4gliederig, so können
5gliederige Blüthen vielleicht als Vorläufer späterer Bildungen
betrachtet werden. Die im Corollenwirtel und bisweilen auch im
Kelch- und Staubgefässwirtel 5gliederigen Blüthen von *Euphrasia
Odondites,* welche ich an der Stelle normaler Blüthen antraf,
näherten sich den regelmässigen. Bei den Labiaten suchte ich
wahrscheinlich zu machen, dass regelmässige Gipfelblüthen ehedem
allgemeiner verbreitet waren, und dass eine nahezu vollständige
Übereinstimmung derselben mit den 4gliederigen Pelorien bestanden hatte. Sicher wäre aber die Vorstellung im Allgemeinen
unrichtig, dass die Bildungsabweichung in jedem Detail (Zahl
und Stellung der Blüthenblätter, Form, Structur, Farbe und
andere Eigenschaften derselben) eine genaue Nachahmung früherer oder künftiger Typen darstellt. Indem bald die eine oder
andere Eigenschaft hervorgehoben wird, zumal wenn sie als eine
geringere Differenzirung eines Organs erscheint oder wenn das
Organ durch dieselbe eine frappante Ähnlichkeit mit dem entsprechenden einer näher oder entfernter stehenden Gattung erhält, werden die heterogensten Bildungsabweichungen als Fälle
von Rückschlag zu früheren Formen, die der Zeit nach, in welcher letztere existirten, weit auseinanderfallen müssen. Durch
Combination der einfachsten Verhältnisse, die im Einzelnen bei
den Bildungsabweichungen einer bestimmten Pflanzenart repräsentirt sind, gelangt man zur Aufstellung des Urtypus des Blü-
thenbaues dieser Pflanzenart. Bei den Labiaten mag derselbe
folgende Combination gewesen sein: ein 4theiliger regelmässiger Kelch, eine 4theilige, regelmässige grüne Blumenkrone, vier
Staubgefässe und zwei Carpellblätter, die gewissen Graden von
Vergrünungen des Fruchtknotens ähneln mochten. Man kann
sich vorstellen, dass dieser 4gliederige Typus aus einem 2glie-

derigen hervorgegangen sei[1]. Sämmtliche construirte Typen einer und derselben Pflanzenfamilie wären jedoch nicht identisch, da sie sich durch Charaktere secundären Grades, nämlich specifische Eigenthümlichkeiten unterscheiden. Eine andere Frage ist es freilich, ob solche Typen wirklich existirt haben. Die Verknüpfung der Thatsachen, aus denen die Veränderlichkeit der Pflanzenart unzweifelhaft hervorgeht, ist im Grossen und Ganzen geeignet, eine rationelle allgemeine Naturanschauung zu begründen; im speciellen Falle, wo eine bestimmte Vorstellung der aufeinanderfolgenden Veränderungen einer Pflanzenart gefordert wird, hat man keinen sicheren Leitfaden, in welcher Weise bei einer gegebenen Pflanzenform diese Thatsachen zu verbinden wären, um dem wirklichen Gange der Entwicklung zu entsprechen.

---

[1] Bei der Gattung *Tinnea*, die Hoocker und Welwitsch zu den Labiaten stellen, ist in der That der Kelch und das Pistill 2gliederig, der Corollen und Staubgefässwirtel aber 4gliederig.

Erläuterungen und Erklärung der Abbildungen.

Salvia grandiflora Ettl.
Taf. I.

Bei dieser *Salvia*-Art scheinen Pelorien viel häufiger aufzutreten als bei anderen Salvien. In dem Literaturverzeichniss, das ich in einer Abhandlung über Pelorien bei Labiaten gegeben habe, ist diese Art bereits aufgeführt worden; Masters erwähnt nur einer *Salvia* sp. in seiner Veg. Terat. p. 226. Ausser bei dieser Art hat Al. Braun noch bei *Salvia Candelabrum*, und ich bei *Salvia Pitcheri* gipfelständige Pelorien beobachtet, seitenständige habe ich bei *Salvia officinalis* wiederholt und einmal bei *S. pratensis* angetroffen. Sämmtliche pelorische Blüthen waren mit einem 4spaltigen Kelche versehen. Im hiesigen botanischen Garten wurden drei Exemplare von *Salvia grandiflora* cultivirt, von denen sämmtliche Pelorien trugen. Im vorigen Jahre war bereits, als ich die Pflanzen zum ersten Male sah, die Blüthezeit vorüber und nur drei Blüthenstengel trugen an einer Pflanze noch Pelorien; im heurigen Jahre bemerkte ich pelorische Gipfelblüthen an allen drei Exemplaren, an einem war die Mehrzahl der Blüthenstengel mit pelorischen Gipfelblüthen versehen. Über diese Pelorien will ich nur bemerken, dass sie sämmtlich in ihren ersten drei Blüthenblätterwirteln 4gliedrig waren, nur an einer Pelorie beobachtete ich fünf Corollenlappen, die Blumenkronzipfel waren von gleicher Grösse oder zwei Zipfel abwechselnd kleiner (diess sind jene Zipfel, die dem letzten Vorblattpaare gegenüberstehen); im Allgemeinen glichen sämmtliche Zipfel der Corolle den Seitenlappen der Unterlippe, nur in einem Falle glichen die zwei grösseren Lappen dem Mittellappen der Unterlippe. In der Knospenlage deckten sich die Lappen derart, dass ein einem Vorblatte gegenüberstehender Lappen unbedeckt blieb, der ihm gegenüberstehende wurde von den freien Rändern der übrigen zwei Zipfel aber bedeckt. Die Staubgefässe variirten in den diversen Blüthen, in vielen Fällen überragten sie ein wenig die Blumenkronröhre. Bei den meisten Blüthen waren die Staubgefässe so geformt, wie in Fig. 8 dargestellt wurde; das Connectiv stand in einem rechten Winkel zu dem Filamente, es war gekrümmt, die Concavität der Krümmung sah nach innen, bei anderen Staubgefässen stand das Connectiv etwas schräge, unter der Ansatzstelle des Connectivs zeigte das Filament eine seichte Einschnürung. Wie in der zygomorphen Blüthe die vorderen Schenkel der fertilen Staubgefässe bis

zur Berührung einander genähert sind, so berührten sich in vielen pelorischen Blüthen beide Antherenfächer von je zwei Staubgefässen. Es kamen
auch Fälle vor, wo sämmtliche Staubgefässe frei waren (Fig. 4). In den
Fächern war gut ausgebildeter Pollen vorhanden. Der Griffel war bei
allen Blüthen am oberen Ende gekrümmt, so dass die Stellung beider
Narben nicht genau eruirt werden konnte, ohne Zweifel wurden die Carpellblätter zweien Blumenkronzipfeln gegenüber angelegt. Reifer Samen
kam nicht zur Entwicklung. Die seitenständigen Pelorien von *Salvia officinalis* unterschieden sich von denen der *Salvia grandiflora* durch ein län-
geres Connectiv, die Staubgefässe der Pelorie von *Salvia pratensis* glichen
fast den fertilen in der zygomorphen Blüthe, ebenso die vier Staubgefässe
einer 4gliederigen Pelorie von *Salvia Pitcheri*, nur waren sie viel kürzer
als die fertilen Staubgefässe. (In der Abbildung der Pelorie von *Salvia
pratensis* (Sitzb. d. Wien. Acad. 1869) wurden die Antherenfächer unrichtig
schattirt, so dass man glauben könnte, die Antheren wären 2fächerig gewesen.) Bei *Salvia grandiflora* stellten einzelne Gipfelblüthen Mittelbildungen zwischen pelorischen und zygomorphen Blüthenbildungen dar und
diese waren mit einem 4spaltigen Kelche versehen.

Fig. 1. Das obere Ende des Blüthenstengels von *Salvia grandiflora* in nat.
     Grösse.
  „ 2. Die Pelorie desselben. Vergr. 3mal.
  „ 3. Der Kelch.
  „ 4. Die Corolle auseinandergebreitet. Vergr. 3mal.
  „ 5. Die Staubgefässe dieser Pelorie 6mal vergr.
  „ 6. Das Pistill 6mal vergr.
  „ 7. Das Diagramm der Pelorie.
  „ 8. Staubgefässe einer anderen Pelorie.

Micromeria microcalyx Boiss.

Taf. II. Fig. 1–4.

Die Pflanze, an welcher ich eine Pelorie auffand, wurde im hiesigen
botanischen Garten cultivirt. Nur ein einziger Blüthenstengel war mit
einer Pelorie versehen. Gleichzeitig mit der *Micromeria microcalyx* blühte
auch eine *Calamintha* (unter dem Namen *C. patavina*), die ebenfalls pelorische Gipfelblüthen trug; eine von diesen war mit einem 4zähnigen Kelch
und fünf Corollenlappen versehen, bei der zweiten war die Blumenkrone
bereits abgefallen, der Kelch war ebenfalls 4zähnig. Bemerkenswerth ist,
dass im Verlaufe dreier Jahre nahezu alle Exemplare, die in verschiedenen, aber auf demselben Bette gelegenen Scheiben cultivirt wurden, Pelorien trugen, es waren diess, ausser *Micromeria microcalyx*, noch *M. rupestris,*
dann mehrere unter verschiedenen Namen aufgeführte *Calamintha*-Arten.
Die zygomorphen Blüthen von *Micromeria microcalyx* waren mit kleinen
atrophischen Staubgefässen versehen. Die Stellung der Narbenzipfel
konnte an der Pelorie nicht mit Sicherheit ermittelt werden.

Fig. 1. Inflorescenz mit der 4gliederigen Gipfelblüthe 2mal vergr.
„ 2. Die Gipfelblüthe. Vergr. 8mal.
„ 3. Die Corolle derselben auseinandergebreitet. Vergr. 8mal.
„ 4. Der Fruchtknoten 24mal vergr.

Ballota nigra L.

Taf. II, Fig. 5—6.

Das pelorientragende Exemplar fand ich vereinzelt, auf einer freien sonnigen Stelle zwischen Sandsteintrümmern wachsend. Von sämmtlichen Blüthenstengeln trug nur ein einzelner die (5gliederige) Pelorie. Nicht weit entfernt standen einzelne Exemplare, die durch ihre Gallenbildungen einiges Interesse boten. An den wahrscheinlich von einer *Phytoptus*-Art befallenen Exemplaren waren die Blüthen mehr minder monströs, die Zahl der Kelchzähne vermehrt, bisweilen war der Kelch spiralig aufgerollt, ausserdem schien die von der Milbe der Pflanze zugefügte Verwundung das Auftreten gipfelständiger Blüthenknospen zu begünstigen, die Gipfelblüthen waren aber ganz monströse Bildungen. Es wäre aber möglich, dass in Folge der durch die Verwundung angeregten abnormen Vegetationsrichtung auch ziemlich regelmässige Bildungen entständen. Ähnliches beobachtete ich an vielen Exemplaren von *Linaria vulgaris*, die alle nahe aneinander standen. Die Pflanzen waren in der Blüthenregion von einem *Phytoptus* befallen, an der Spitze der Inflorescenz stand ein Knäuel von dicklichen verbreiteten Blättern und Blüthenknospen in deren Axilla, die Blüthen unterhalb oder auch im Bereiche des Knäuels waren mit zwei bis drei Spornen versehen, die Sporne von gleicher Länge oder häufiger sehr ungleich. Der Blüthenstengel von *Ballota nigra*, welcher die Pelorie trug, war aber sicher von keinem *Phytoptus* befallen.

Fig. 5. Das obere Ende des Blüthenstengels mit der gipfelständigen Pelorie in natürl. Grösse dargestellt.
„ 6. Die gipfelständige Pelorie 4mal vergr.

Vitex agnus castus L.

Taf. III.

Ein Exemplar dieser Art producirte an zahlreichen Inflorescenzen pelorische Gipfelblüthen. Diess beobachtete ich seit zwei Jahren. Die Pelorien waren in der überwiegenden Mehrzahl der Fälle 5- und 6gliederig, sie besassen kleine ovale Blumenkronzipfel, die in jeder Hinsicht den seitlichen Zipfeln der Unterlippe zygomorpher Blüthen glichen. An einigen der letzteren kamen fünf und zuweilen auch sechs Staubgefässe zur Entwicklung. Der Strauch blühte von Mitte Juli bis August. Ich erwähnte, dass Bischoff bei *Vitex incisa* Pelorienbildungen beobachtet hatte, diese waren ebenfalls 5gliederig und glichen denen von *Vitex agnus castus*.

Fig. 1. Ein Theil der Inflorescenz mit der Gipfelblüthe 3mal vergr.

„ 2. Eine 6gliederige Pelorie mit einem blumenblattähnlichen Staubgefässe. Vergr. 8mal.

„ 3. Der Kelch derselben.

„ 4. Die Corolle mit den Staubgefässen, 8mal vergr.

„ 5. Antheren von aussen und innen betrachtet.

„ 6. Querschnitt des Fruchtknotens.

„ 7. Eine 5gliederige gipfelständige Pelorie.

„ 8 Die Corolle derselben auseinandergebreitet. Vergr. 8mal.

Pentstemon acuminatus Dougl.

Taf. IV, Fig. 1—6.

Bei dieser Art fand ich an zwei Exemplaren pelorische Gipfelblüthen Eine von diesen war in ihren ersten drei Blüthenblätterwirteln 4gliederig, bei allen übrigen war der Kelch 5spaltig. Die Corolle mit langer, nach oben allmälig erweiterter Blumenkronröhre versehen und von Längsfurchen durchzogen, die mit den Corollenzipfeln alternirten. Unter dem Saume war die Blumenkronröhre ein wenig eingeschnürt; die Blumenkronzipfel klein, oval, seicht ausgerandet, aufrecht, dem Mittellappen der Unterlippe zygomorpher Blüthen gleichend, an der Basis büschelig behaart, die nach innen vorspringende Leiste der Blumenkronröhre, welche der Längsfurche aussen entsprach, mit Haaren besetzt. Bei zwei Fällen waren fünf Blumenkronlappen und fünf Staubgefässe vorhanden; in einem einzigen Falle, wo auch der Kelch 5spaltig war, zählte ich sechs Blumenkronlappen und sechs fertile Staubgefässe. Die Pelorien kamen früher zur Entfaltung als die Axillarblüthen der zwei unmittelbar vorhergehenden Vorblattpaare.

Fig. 1. Inflorescenz von *Pentstemon acuminatus* mit der Gipfelblüthe in nat. Grösse.

„ 2. Die Pelorie 2mal vergr.

„ 3. Der Kelch, von dem zwei Lappen entfernt wurden, um den Fruchtknoten zur Ansicht zu bringen. Vergr. 2mal.

„ 4. Die Corolle auseinandergebreitet mit den Staubgefässen, 2mal vergrössert.

„ 5. Ein Staubgefäss der Pelorie, die Anthere von aussen und innen gesehen. Vergr. 6mal.

„ 6. Diagramm der Blüthe.

Pentstemon ovatus Dougl.

Taf. IV, Fig. 7—12.

Das Exemplar, welches nur eine Pelorie trug, wuchs nicht weit entfernt von dem früher erwähnten *Pentstemon*. Die Pelorie war 4gliederig und unterschied sich nur durch zwei abstehende Blumenkronlappen von

den Gipfelblüthen des *Pentstemon acuminatus*. Ich beobachtete die Pelorien
bei beiden Arten am 4. Juli vorigen Jahres. In der Literatur fand ich nur
einen Fall von Pelorienbildung bei *Pentstemon campanulatus* (Adansonia V,
p. 176) beschrieben.

Fig. 7. Das obere Ende der Inflorescenz mit der Gipfelblüthe in natürl.
Grösse.
„ 8. Die Pelorie 2mal vergr.
„ 9. Der Kelch und das Pistill.
„ 10. Die Corolle mit den Staubgefässen auseinandergebreitet. Vergr.
3mal.
„ 11. Eine Anthere von aussen und innen gesehen. Vergr. 6mal.
„ 12. Querschnitt des Fruchtknotens.

Digitalis lanata Ehrh.
Taf. V, Fig. 1—3.

Ich habe der Pelorienbildungen bei dieser Art bereits in einer Abhandlung über Pelorien bei Labiaten (Sitzb. Wiener Akad. Juli-Heft 1869)
Erwähnung gethan und verweise somit auf dieselbe. Im Jahre 1870 traten
an demselben Exemplare, das im Jahre zuvor Pelorien getragen hatte,
wieder Pelorien auf, im Jahre 1871 habe ich die Pflanze nicht beobachtet
1872 entwickelte sie keine Pelorien.

Fig. 1. Inflorescenz mit seitenständigen Pelorien in nat. Gr.
„ 2. Eine seitenständige 4gliederige Pelorie, 3mal vergr.
„ 3. Die Corolle derselben auseinandergebreitet. Vergr. 3mal.

Linaria vulgaris L.
Taf. V, Fig. 4—5.

Nur des Vergleiches wegen mit den Pelorien von *Pentstemon* habe
ich pelorische Blüthen von *Linaris vulgaris* abgebildet.

Fig. 4. Inflorescenz mit spornlosen pelorischen Blüthen in nat. Gr.
„ 5. Eine *Peloria anectaria*. Diese war 5gliederig, die Staubgefässe klein,
atrophisch. Vergr. 3mal.

Delphinium elatum L.
Taf. VI, Fig. 1—6.

An dieser Art beobachtete ich mehreremale pelorische Gipfelblüthen. An einem pelorientragenden Exemplare war Fasciation des Stengels im Bereiche der mittleren und oberen Laubblätter und der Inflorescenz aufgetreten. An den Pelorien, die an dem fasciirten Stengel sich be-
fanden, waren die Kelch- und Kronenblätter vermehrt und erstere mit Spornen

versehen. Gleichzeitig mit der vorhergehenden Art aufblühend, traf ich an einem *Delphinium*, das dem *Delphinium elatum* sehr nahe steht, eine gipfelständige ungespornte Pelorie an. Wie in den vorigen Fällen stand letztere aufrecht, während die seitlichen zygomorphen Blüthen normal mit einem an der Spitze nickenden Blüthenstielchen versehen waren. Die Pelorie entfaltete sich früher als 26 vorhergehende Blüthen. Die ungespornte Pelorie war mit acht Kelch- und acht Kronenblättern versehen, während an der abgebildeten, gespornten Pelorie des *Delphinium elatum* neun Kelch- zehn Kronenblätter, zahlreiche Staubgefässe und drei Fruchtblätter (wie bei der ungespornten Pelorie) vorhanden waren.

Fig. 1. Das obere Ende der Inflorescenz mit der pelorischen Gipfelblüthe eines nicht fasciirten Blüthenstengels von *Delphinium elatum* in nat. Grösse.

  „ 2. Die Gipfelblüthe 2mal vergrössert.

  „ 3. Ein Kronenblatt derselben.

  „ 4. Das obere Ende der Inflorescenz mit der Gipfelblüthe eines Blü- thenstengels von einer dem *Delphinium elatum* sehr nahe verwand- ten Art, in nat. Grösse.

  „ 5. Die spornlose Pelorie desselben. Vergr. 2mal.

  „ 6. Ein Kronenblatt. Vergr. 4mal.

Aconitum variegatum L.

Taf. VI, Fig. 7—8.

Im Jahre 1871 und 1872 traf ich bei zwei Exemplaren an der Spitze einer Inflorescenz eine zwar nicht ganz typisch ausgebildete Pelorie, die aber doch den Typus der Pelorienbildungen bei dieser Gattung erkennen liess. Es war nämlich das eine Kelchblatt noch sehr verbreitert und etwas concav, es fehlten aber die Honigbehälter. Auch Mittelbildungen zwischen pelorischen und zygomorphen Blüthen beobachtete ich mit nur einem ein- zigen ausgebildeten oder verkümmerten Honigbehälter. Fruchtblätter waren in dem Falle, der abgebildet wurde, drei vorhanden. Eine ähnliche Pelorien- bildung wurde von Godron (Mem. Acad. Stanislas 1865, p. 12) bei *Aco- nitum Lycoctonum* beobachtet.

Fig. 7. Das obere Ende der Inflorescenz mit der Gipfelblüthe in natürl. Grösse.

  „ 8. Die Gipfelblüthe derselben, 2mal vergr.

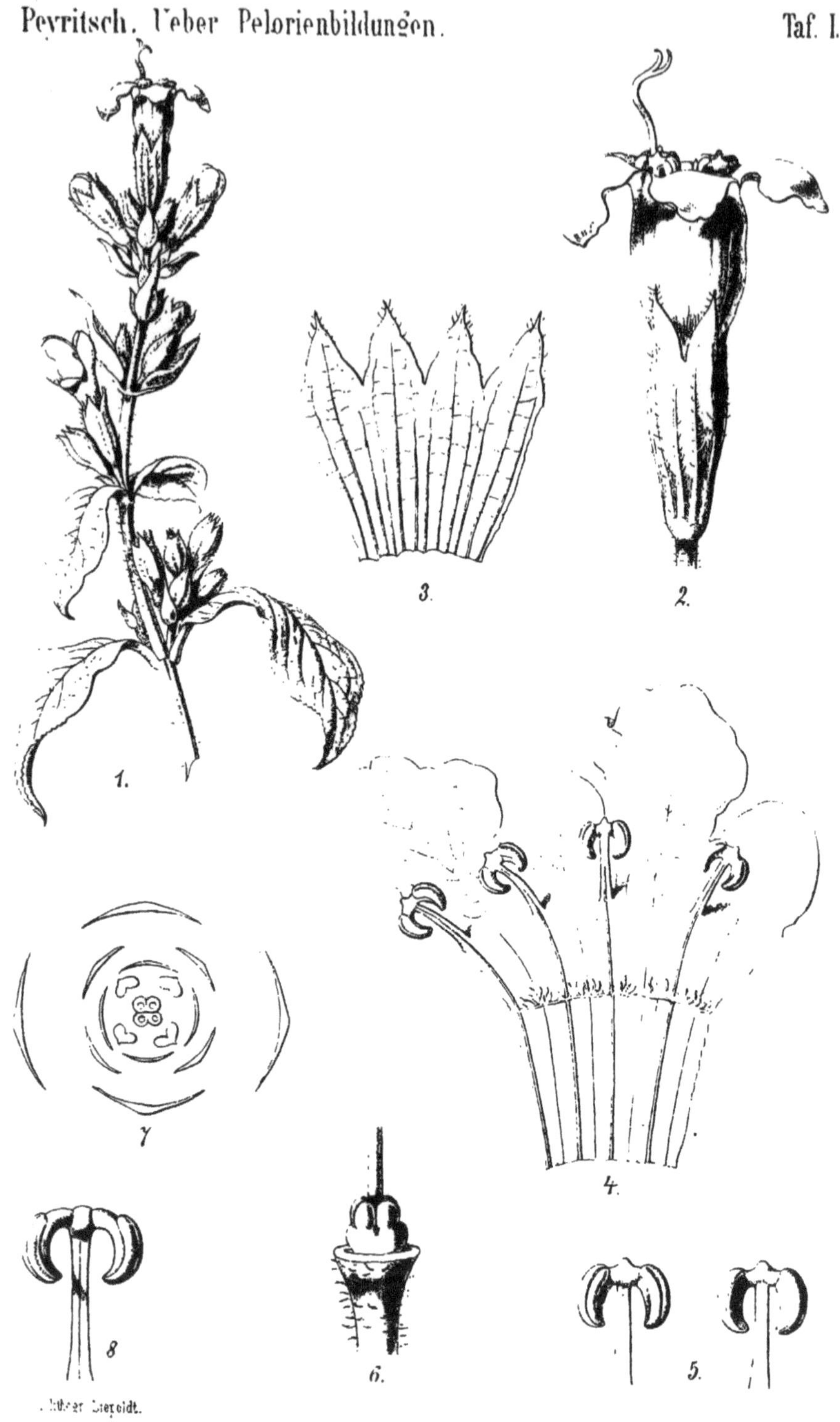

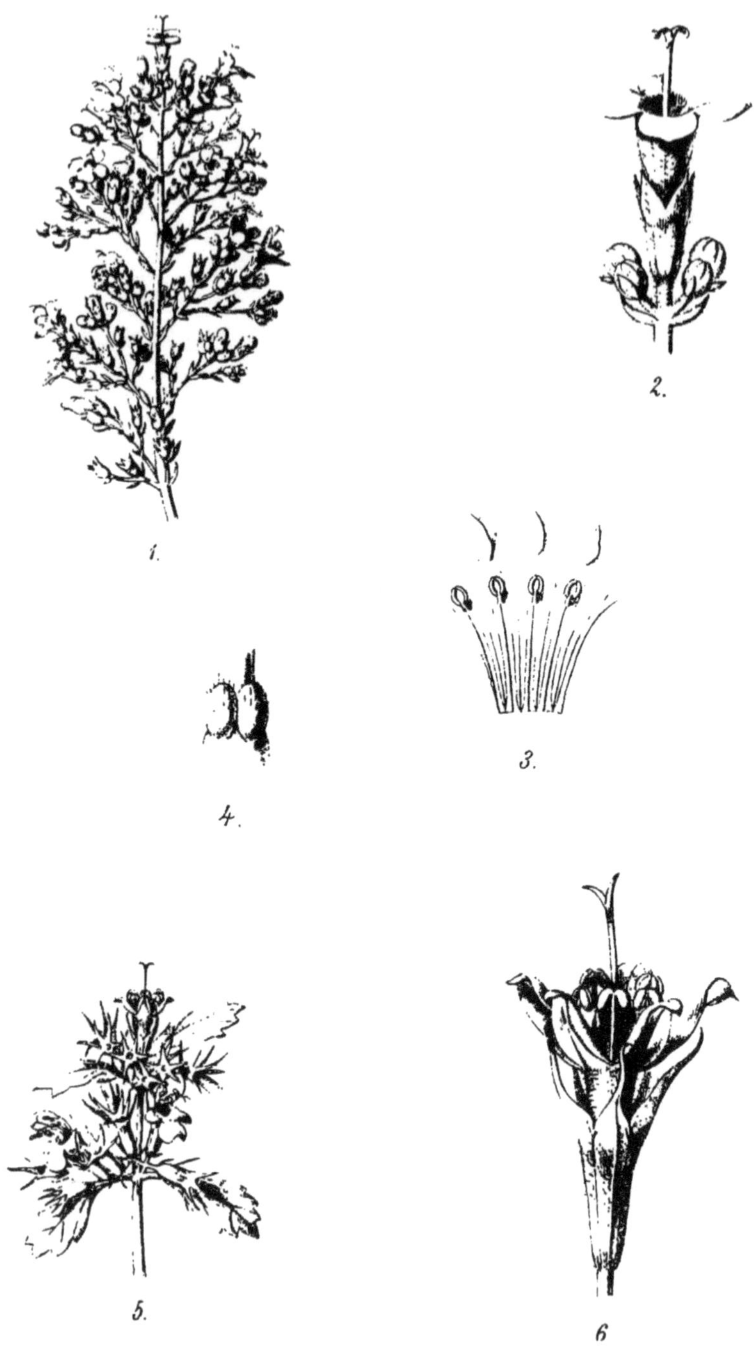

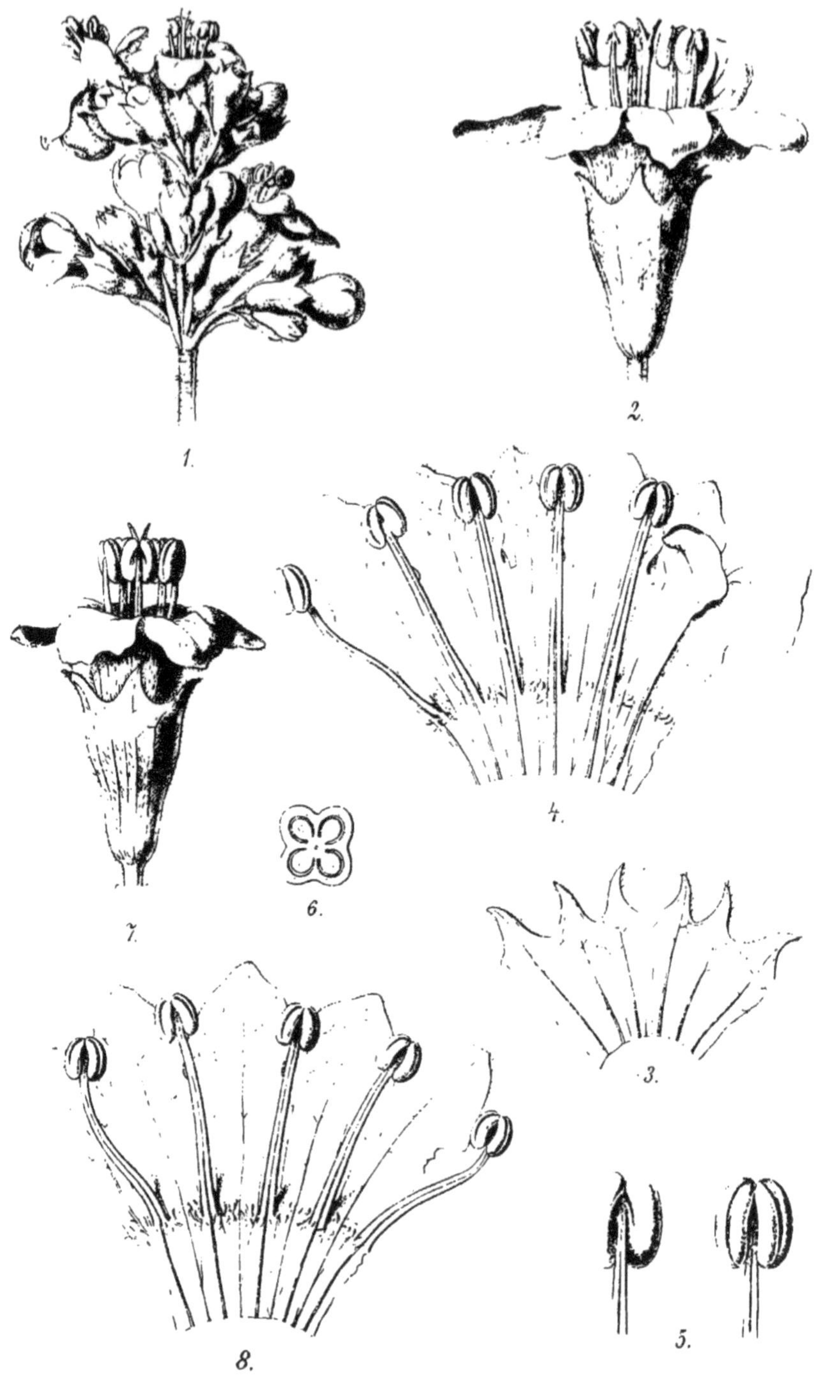

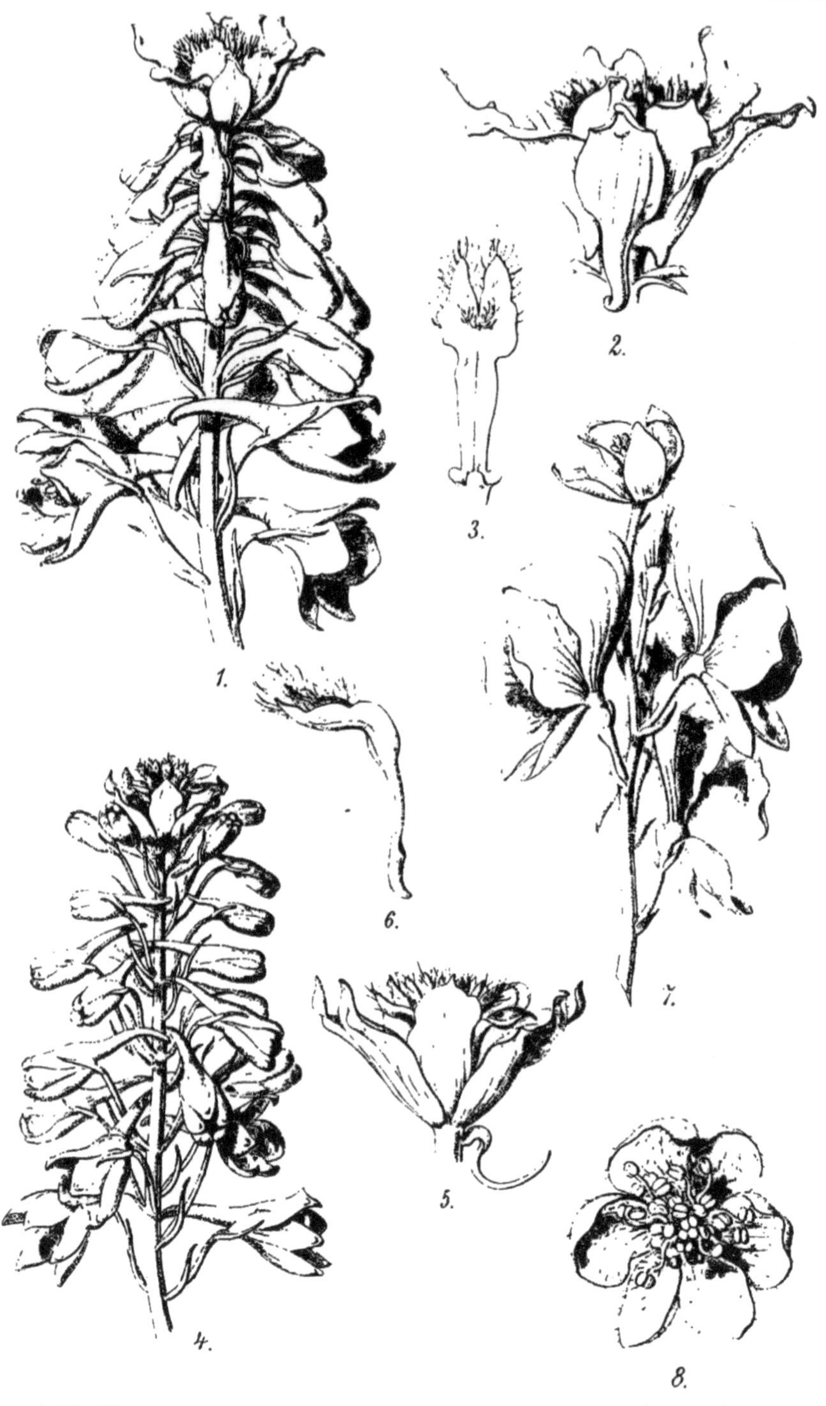